ESTE DIÁRIO PERTENCE A:

~~Nikki J. Maxwell~~

PARTICULAR E CONFIDENCIAL

Se encontrá-lo perdido, por favor devolva para MIM em troca de uma RECOMPENSA!

(PROIBIDO BISBILHOTAR!!! ☹)

MacKenzie Hollister
está assumindo o controle!

TAMBÉM DE Rachel Renée Russell

Diário de uma garota nada popular:
histórias de uma vida nem um pouco fabulosa

Diário de uma garota nada popular 2:
histórias de uma baladeira nem um pouco glamourosa

Diário de uma garota nada popular 3:
histórias de uma pop star nem um pouco talentosa

Diário de uma garota nada popular 3,5:
como escrever um diário nada popular

Diário de uma garota nada popular 4:
histórias de uma patinadora nem um pouco graciosa

Diário de uma garota nada popular 5:
histórias de uma sabichona nem um pouco esperta

Diário de uma garota nada popular 6:
histórias de uma destruidora de corações nem um pouco feliz

Diário de uma garota nada popular 6,5: tudo sobre mim!

Diário de uma garota nada popular 7:
histórias de uma estrela de TV nem um pouco famosa

Diário de uma garota nada popular 8:
histórias de um conto de fadas nem um pouco encantado

Rachel Renée Russell
DIÁRIO
de uma garota nada popular

Histórias de uma rainha do drama nem um **POUCO** tonta

Com Nikki Russell e Erin Russell

Tradução
Carolina Caires Coelho

9ª edição

Rio de Janeiro-RJ/São Paulo-SP, 2024

VERUS
EDITORA

TÍTULO ORIGINAL: Dork Diaries: Tales from a Not-So-Dorky Drama Queen
EDITORA: Raïssa Castro
COORDENADORA EDITORIAL: Ana Paula Gomes
COPIDESQUE: Anna Carolina G. de Souza
REVISÃO: Raquel de Sena Rodrigues Tersi
DIAGRAMAÇÃO: André S. Tavares da Silva
CAPA, PROJETO GRáFICO E ILUSTRAÇÕES: Lisa Vega e Karin Paprocki

Copyright © Rachel Reneé Russell, 2015
Tradução © Verus Editora, 2015
ISBN 978-85-7686-481-3
Todos os direitos reservados, no Brasil, por Verus Editora.
Nenhuma parte desta obra pode ser reproduzida ou transmitida por qualquer forma e/ou quaisquer meios (eletrônico ou mecânico, incluindo fotocópia e gravação) ou arquivada em qualquer sistema ou banco de dados sem permissão escrita da editora.

VERUS EDITORA LTDA. Rua Argentina, 171, São Cristóvão, Rio de Janeiro/RJ, 20921-380 www.veruseditora.com.br

CIP-BRASIL. CATALOGAÇÃO NA FONTE
SINDICATO NACIONAL DOS EDITORES DE LIVROS, RJ

R925d

Russell, Rachel Renée

Diário de uma garota nada popular 9 : histórias de uma rainha do drama nem um pouco tonta / Rachel Renée Russell ; [ilustração Lisa Vega , Karin Paprocki] ; tradução Carolina Caires Coelho. - 9. ed. - Rio de Janeiro, RJ : Verus, 2024.

il. ; 21 cm

Tradução de: Dork Diaries: Tales from a Not-So-Dorky Drama Queen
ISBN 978-85-7686-481-3

1. Ficção infantojuvenil americana. I. Vega, Lisa. II. Paprocki, Karin. III. Coelho, Carolina Caires. IV. Título.

15-26715

CDD: 028.5
CDU: 087.5

Revisado conforme o novo acordo ortográfico

Impressão e acabamento: Santa Marta

Com amor para os meus irmãos gêmeos, Ronald e Donald

Obrigada por serem a inspiração (e o assunto) do primeiro livro que escrevi como aspirante a autora, no quinto ano!

AGRADECIMENTOS

Um agradecimento especial a Liesa Abrams Mignogna, minha editora, Karin Paprocki, minha diretora de arte, e Katherine Devendorf, minha editora-chefe, que literalmente enfrentaram tempestades (enchentes, furacões, nevascas e tufões) para criar este livro tão especial. Sua visão, seu apoio incansável e seu foco obsessivo nos detalhes me ajudaram a realizar o sonho de ter um livro do ponto de vista de MacKenzie Hollister. CONSEGUIMOS!!

A Daniel Lazar, meu amigo e agente INCRÍVEL! A série Diário de uma Garota Nada Popular nos levou por um maravilhoso caminho juntos! Apesar de já terem sido onze livros, este é só o primeiro capítulo das muitas coisas extraordinárias que virão.

Um agradecimento especial a minha equipe nada popular da Aladdin/Simon & Schuster: Mara Anastas, Mary Marotta, Jon Anderson, Julie Doebler, Jennifer Romanello, Faye Bi, Carolyn Swerdloff, Lucille Rettino, Matt Pantoliano, Christina Pecorale e toda a equipe de vendas. Vocês são a MELHOR equipe que uma autora poderia desejar!

A Torie Doherty-Munro, da Writers House, aos meus agentes de direitos internacionais, Maja Nikolic, Cecilia de la Campa e Angharad Kowal, e a Deena, Lori, Zoé, Marie e Joy — obrigada por me ajudarem a espalhar as aventuras da GAROTA NADA POPULAR!

E por último, mas não menos importante, a Erin, Nikki, Kim, Doris e toda a minha família! Obrigada por acreditarem em mim! AMO MUITO TODOS VOCÊS!

Lembre-se sempre de deixar o seu lado NADA POPULAR brilhar!

QUARTA-FEIRA, 2 DE ABRIL

As últimas vinte e quatro horas da minha vida foram tão nojentamente REPUGNANTES que estou começando a me sentir... um monte de... hum... VÔMITO de gato!!

Primeiro estraguei minha blusa de marca novinha com um sanduíche de pasta de amendoim, geleia e picles (uma longa história).

Depois, levei uma bolada na cara durante a aula de educação física diante de TODA a minha turma e acabei presa em um conto de fadas maluco (uma história mais longa ainda!).

Tudo bem, eu consigo lidar com a completa HUMILHAÇÃO de andar pelo colégio DISTRAÍDA, sem notar um SANDUÍCHE grudado como fita adesiva na minha barriga.

Ei, consigo até lidar com uma concussão moderada. No entanto, NÃO consigo lidar com o fato de "alguém" ter espalhado um boato HORROROSO a meu respeito!

Ouvi duas GDPs (garotas descoladas e populares) fofocando sobre isso no banheiro.

Estão dizendo que meu PAQUERA me beijou (em um evento beneficente no fim de semana passado) por causa de uma APOSTA para ganhar uma pizza grande GRÁTIS na Queijinho Derretido!

Claro que eu SURTEI completamente quando soube! Não só porque uma aposta desse tipo é muito grosseira e insensível, mas também é uma piada muito cruel para se fazer com uma pessoa como... bem... EU!

Eu tinha CERTEZA de que toda aquela história era uma MENTIRA grande e gorda! Desculpa, mas todo mundo sabe que as pizzas da Queijinho Derretido são simplesmente FEDORENTAS! Se tivesse sido uma aposta para o Burger Maluco, eu acreditaria TOTALMENTE!

Ei, sou a primeira a admitir, esse boato poderia ter sido MUITO pior. Mas AINDA ASSIM...! Eu só queria que "alguém" ficasse de fora dos meus assuntos pessoais. E, quando digo "alguém", estou me referindo à minha inimiga mortal... MACKENZIE HOLLISTER ☹!!

Não sei por que aquela menina ME ODEIA! Não foi culpa MINHA o diretor Winston ter lhe dado três dias de suspensão por "comportamento antiesportivo" quando ela jogou aquela bola na minha cara.

Tenho muita SORTE de não estar em COMA agora! Ou passando por uma cirurgia com risco de morte...

Bom, como castigo pelo que fez comigo, a MacKenzie tem que limpar os chuveiros infestados de insetos do vestiário das meninas.

Infelizmente, fiquei sabendo hoje que o problema dos insetos ali dentro é BEM grave!!

Eu estava sentada atrás da MacKenzie na aula de francês, terminando minha lição de casa, quando notei algo preso nos cabelos dela.

Primeiro pensei que fosse um daqueles prendedores de marca que ela gosta de usar. Mas, quando olhei mais de perto, me dei conta de que, na verdade, era uma enorme MARIA-FEDIDA morta!! ECA ☹!!

Foi quando dei um tapinha no ombro dela. "Hum, MacKenzie! Dá licença, eu só queria dizer que..."

"Nikki, POR QUE é que você está me dirigindo a palavra?! Cuide da SUA vida!", ela disse, me olhando como se eu fosse uma coisa que sua poodle mimada, a Fifi, tivesse deixado na grama do quintal.

"Tudo bem! Então não vou dizer que tem uma MARIA-FEDIDA enorme no seu cabelo!", falei com muita calma. "Além disso, meio que parece uma presilha horrível! E combina totalmente com a cor dos seus olhos."

"O QUÊ?!", a MacKenzie arfou, e seus olhos ficaram tão grandes quanto dois pires.

Ela pegou o espelho de maquiagem.

"AI, MEU DEUS! AI, MEU DEUS! Tem um... INSETO grande e preto com perninhas peludas no meio das minhas mechas douradas! ECAAAAAA!!!", ela gritou. Então começou a pular sem parar, bem histérica, e a sacudir os cabelos para tirar o bicho. Ela teve um verdadeiro chilique!

"Você está piorando as coisas. Agora está ainda mais enroscado aí. Senta e relaxa!", eu disse enquanto pegava um papel e o levava na direção dos cabelos dela.

"SAI DE PERTO DE MIM!!", ela gritou. "Não quero DUAS CRIATURAS nojentas nos meus lindos cabelos!"

"Pare de agir como uma PIRRALHA mimada!", gritei em resposta. "Só estou tirando o inseto para você! Viu?!"

EU, TIRANDO A MARIA-FEDIDA
DO CABELO DA MACKENZIE

"Que NOJO! Tira isso de perto de mim!"

"De nada!", respondi, olhando feio para ela.

"Humpf! Não espere que eu agradeça! É culpa SUA que esse inseto tenha se enfiado no meu cabelo! Ele provavelmente estava num daqueles chuveiros nojentos que sou obrigada a limpar."

De repente, ela cruzou os braços e estreitou os olhos para mim. "Ou talvez VOCÊ tenha colocado isso no meu cabelo para tentar arruinar a minha reputação! Aposto que você quer que todo mundo pense que a minha casa está tomada por insetos nojentos! De novo."

"MacKenzie, acho que o seu gloss deve estar subindo para o cérebro. Isso é ridículo!"

"Como você pôde colocar esse INSETO nojento no meu cabelo?! Passo MAL só de pensar. ECA!!"

Então, ela cobriu a boca e murmurou algo. Mas eu não consegui entender uma única palavra...

EU, TENTANDO ENTENDER O QUE A MACKENZIE ESTÁ DIZENDO!

Apesar de estarmos na aula de francês, aquilo definitivamente não parecia francês!

Quando FINALMENTE entendi o que ela estava dizendo, era tarde DEMAIS.

Desesperada, ela saiu correndo em direção ao cesto de lixo na frente da sala.

Mas, infelizmente, ela NÃO conseguiu chegar até lá.

Eu NÃO podia acreditar que MacKenzie Hollister, a RAINHA das GDPs, vomitou na frente da turma de francês TODA!

Aquilo foi, tipo, um desastre! Eu NÃO queria vê-la coberta de vômito da cabeça aos pés ☹! Mas não consegui deixar de olhar ☺!

Eu nunca a vi TÃO envergonhada. TÃO humilhada. TÃO vulnerável. TÃO... hum... DESALINHADA!

Fiquei chocada e surpresa quando, de repente, fui tomada por uma forte emoção.

NUNCA, JAMAIS senti tanta PENA de um ser humano em TODA minha vida!...

COITADO DO CHUCK, O ZELADOR!
ELE TEM UM TRABALHO BEM SUJO!

Pareceu uma injustiça terrível ELE ter que limpar a sujeira horrorosa que a MacKenzie fez.

Às vezes a vida é TÃO INJUSTA ☹!!

Mas ele levou o trabalho muito a sério, porque até colocou uma daquelas máscaras de papel que os médicos usam durante as cirurgias.

Acho que provavelmente foi por causa do... FEDOR excessivo!

Bom, nossa professora de francês imediatamente mandou a MacKenzie para a secretaria, a fim de telefonar para os pais e ir para casa.

E, em vez de dar aula na nossa sala fedorenta e contaminada, a professora nos levou à biblioteca para estudarmos em silêncio nosso vocabulário de francês.

O que foi PERFEITO para mim, porque pude trabalhar no meu projeto especial para a Semana Nacional da Biblioteca, no fim deste mês.

Minhas melhores amigas, a Chloe e a Zoey, e eu organizamos uma ação para arrecadar livros no colégio em setembro, e foi um ENORME sucesso.

Então agora estamos planejando uma ainda maior para a Semana Nacional da Biblioteca!

Também vamos a Nova York participar de um festival do livro e conhecer alguns dos nossos autores preferidos. ÊÊÊÊÊ!!!

De qualquer modo, não posso acreditar que a MacKenzie acha MESMO que eu coloquei aquela coisa fedida no cabelo dela!!

Infelizmente para ela, parece que nossos colegas de turma já estão FOFOCANDO a respeito do que aconteceu.

Uma garota pegou o celular. Ela o mostrou a um garoto, e eles começaram a rir feito doidos.

Acho que ela estava enviando mensagens para o colégio TODO!

Mas tudo isso é culpa da MacKenzie!!

Ela EXAGEROU totalmente e SURTOU mesmo depois que me ofereci para ajudá-la.

A MacKenzie é uma RAINHA DO VÔMITO!

Ops! Quero dizer...

RAINHA DO DRAMA!

Foi mal, MacKenzie!!

☺!!

QUINTA-FEIRA, 3 DE ABRIL

Estou TÃO chateada que mal consigo escrever ☹!!
Eu estava no meu armário, cuidando das minhas coisas, quando a MacKenzie me deu um tapinha no ombro e desdenhou: "Por que VOCÊ está sempre por aqui?!! POR FAVOR! Vá embora!"

"Desculpa, mas eu ando por aqui porque, infelizmente, o MEU armário fica ao lado do SEU!", falei, revirando os olhos.

"Ainda não consigo acreditar que você colocou aquele inseto no meu cabelo! NUNCA mais vou falar com você enquanto eu viver!!"

"Tanto faz, MacKenzie!", murmurei enquanto fazia uma contagem regressiva mental até ela começar a falar um monte de besteiras de novo. Cinco... quatro... três... dois...

"Você está BRAVA comigo porque eu espalhei que o Brandon te beijou por causa de uma APOSTA, só para conseguir uma pizza grátis! E agora todo mundo está fofocando sobre isso. Então, para ficarmos quites, você

FINGIU ter se machucado na aula de educação física para me criar problemas!..."

"NIKKI, VOCÊ É UMA FALSA RIDÍCULA!"

Desculpa, mas eu não aguentava a dona coisa falando tanta BESTEIRA na minha cara daquele jeito! Então eu olhei bem na cara dela e disse...

"É mesmo, MacKenzie?! Você acha que EU sou falsa?!! Esse HEMATOMA aqui parece FALSO para você?! Eu acho que não! As ÚNICAS coisas falsas aqui, amiga, são o SEU péssimo aplique de cabelo e esse bronzeamento artificial!!"

EU, MOSTRANDO MEU HEMATOMA PARA A MACKENZIE

17

"Coitadinha! Então eu tenho que me sentir culpada quando na verdade fiz um grande FAVOR a você?", a MacKenzie rosnou. "Esse pequeno e fofo hematoma que eu deixei aí desvia a atenção do seu rosto horroroso!"

"Hum, MacKenzie, você deu uma olhada no SEU rosto ultimamente? Que marca de maquiagem você usou hoje de manhã? A de palhaço?!"

"Se eu fosse você, nem começaria com isso. Meu batom de marca custou MAIS do que a sua roupa horrenda inteira. Então não me ODEIE por eu ser LINDA!"

"Bom, você devia COMER um pouco do seu batom de marca. Aí TALVEZ você fique LINDA POR DENTRO!", disparei de volta.

De repente, a MacKenzie ficou SUPERséria e olhou para a minha testa.

"Nikki, estou muito preocupada com esse hematoma. Parece que está formando uma gangrena. Preciso ir até a enfermaria para pegar uns curativos para você. Espere aqui, está bem, querida?"

Mas eu já sabia o que estava se passando naquela pequena MENTE PERVERSA dela...

MACKENZIE, FAZENDO UM CURATIVO NO MEU HEMATOMA!

Quando ela terminasse, eu ficaria parecendo uma... totalmente maluca... MÚMIA do ensino fundamental!

E eu NÃO ia deixar a MacKenzie me HUMILHAR em público! De novo!

Já era bem ruim ela estar espalhando fofocas nojentas a meu respeito. E agora eu estava com medo de ela acabar com a minha amizade com o Brandon.

De qualquer forma, eu estava tirando os livros do armário e ainda ESPUMANDO de raiva por tudo que ela tinha feito comigo quando senti MAIS UM TAPINHA no ombro!

QUE MARAVILHA ☹!! A última coisa com a qual eu queria lidar naquele momento era mais uma onda de perturbação causada pela MacKenzie. Eu NÃO ia permitir que ela colocasse curativos no meu hematoma!

Foi quando perdi a cabeça completamente! Eu queria enfiar bandagens na goela dela. Mas, como não acredito na violência, decidi repreendê-la de um jeito muito GROSSEIRO, porém simpático...

AI, MEU DEUS! Quando me virei e vi que era o BRANDON, eu SURTEI totalmente!!

Ele estava boquiaberto e parecia muito magoado e confuso. Acho que eu estava em choque ou algo assim, porque, quando tentei explicar por que havia dito aquelas coisas e me desculpar, só consegui dizer...

HUMM...?!

Ficamos ali parados. Muito desconfortáveis. Olhando um para o outro pelo que pareceu, tipo, uma ETERNIDADE!

"Tudo bem, Nikki. Se é isso mesmo o que você quer...", ele disse baixinho. "Acho que passei dos limites no último fim de semana, quando eu... você sabe. Bom, eu lhe devo um pedido de desculpas. Sinto muito."

"O QUÊ?! Brandon, não quero nem preciso do seu pedido de desculpas. O que estou tentando dizer é que cometi um erro enorme. Na verdade, sou eu que lhe devo desc..."

"Um erro? Sério?! Foi um erro para você?"

"Claro que foi um erro. Eu nunca faria nada daquilo com você de propósito. Foi um breve momento de estupidez e me arrependo disso. Mas NUNCA mais vai se repetir, eu prometo. Você NÃO merecia aquilo."

Brandon me pareceu ainda mais magoado que antes.

Era quase como se ele não entendesse nada do que eu estava dizendo.

Depois de mais um longo silêncio, ele respirou fundo e soltou um suspiro.

"Não sei o que dizer..."

"Na verdade, Brandon, não precisa dizer nada. Eu estava muito brava. E, por mais maluco que pareça, pensei que você fosse outra pessoa."

"Eu sei que poderia ter sido mais sincero com você. Mas não quis te enganar. Só não fique brava comigo, tá bom?"

"Você não entendeu! Eu estava muito brava com..."

"Eu ENTENDI sim, Nikki, e quero que você seja feliz. Então vou simplesmente me afastar, se é o que você quer de verdade."

Ele tirou a franja dos olhos e olhou para o relógio.

"Bom, acho melhor NÓS DOIS irmos para a aula. Até mais." Então ele enfiou as mãos nos bolsos e se afastou depressa...

EU, TOTALMENTE CONFUSA COM O QUE ACABOU DE ACONTECER ENTRE MIM E O BRANDON ☹!

NÃO. ENTRE. EM PÂNICO!!!

SEM QUERER, acabei dizendo ao Brandon que estava cansada de ele fazer da minha vida um inferno e mandei que se enfiasse debaixo de uma pedra?!!

Sim! Acho que fiz isso SIM!!

Certo, hora de entrar em PÂNICO!!!...

AAAAAAAAAAAAHHH ☹!!!
(Essa sou eu gritando!)

AI, MEU DEUS! Tipo, QUEM faz isso com o próprio PAQUERA?!!

Suspirei, desabei no armário e pisquei para afastar as lágrimas de frustração.

Uma enorme onda de insegurança me invadiu como uma avalanche enquanto eu pensava cuidadosamente no próximo passo:

1. Apenas "sacudir a poeira" e ir para a aula de geometria, já que um teste começaria em menos de dois minutos (e eu ainda precisava estudar) ☹!

2. Seguir Brandon pelo colégio no melhor estilo maníaca caçadora e pedir desculpas do fundo da alma até ele finalmente aceitar e concordar que somos melhores amigos de novo.

3. Correr para o banheiro das meninas, me trancar numa cabine e ter um chilique até a Chloe e a Zoey irem me salvar (DE NOVO!).

4. Entrar no meu armário, trancar a porta e ficar ali dentro CHORANDO até o último dia de aula ou até MORRER de fome, o que acontecer primeiro!

Sou a PIOR! AMIGA!! DO MUNDO!!!

E agora ~~EU ACHO QUE~~ O BRANDON ME ODEIA!!

☹!!

SEXTA-FEIRA, 4 DE ABRIL

Hoje só tivemos meio dia de aula devido a um treinamento de professores. O que significa que não consegui falar com a Chloe e a Zoey sobre a besteira que fiz com o Brandon ontem.

O mais maluco é que acho que estou mais chateada com isso hoje do que estava ontem. Vai entender!

Passei pelo armário do Brandon algumas vezes para tentar falar com ele, mas ele nunca estava por perto.

Então agora estou começando a achar que ele pode estar me evitando. Se eu fosse ele, também me evitaria!

Quero muito acreditar que a MacKenzie inventou aquele boato idiota sobre a aposta pela pizza, mas e se tudo (ou uma parte) for VERDADE ☹?!!

NADA disso faz sentido! Então, apesar de toda a loucura com o Brandon ontem, ainda vou considerá-lo um bom amigo. Ele merece isso.

O Brandon que eu conheço NUNCA aceitaria uma aposta desse tipo. E me RECUSO a perder mais do meu tempo OBCECADA com isso.

De qualquer modo, depois da aula, eu estava fazendo a lição de biologia quando a pirralha da minha irmã, a Brianna, chegou saltitando e cantarolando no meu quarto.

"Tenho uma surpresa! Tenho uma surpresa!"

Ela espiou por cima do meu ombro para saber o que eu estava fazendo.

"Você não quer saber o que é?", ela perguntou.

"Não", respondi com indiferença e continuei lendo.

"Bom, vou mostrar mesmo assim!"

Foi quando a Brianna deu uma risadinha e botou um aquário em cima do meu livro de biologia, espalhando água para todos os lados. Minha lição de casa ficou totalmente encharcada!...

BRIANNA, JOGANDO ÁGUA EM MIM
E NA MINHA LIÇÃO DE CASA!

"Brianna!!", gritei. "O que você está fazendo?! Agora minha tarefa está pingando água! Sai daqui!"

Dei mais uma olhada para o aquário e percebi que havia um peixe-dourado dentro dele.

"De onde ISSO saiu?"

"Minha professora!", ela respondeu. "Ela ME deixou cuidar do peixinho da sala, o Rover, durante o fim de semana todo! Vamos fazer um monte de coisas divertidas juntos, já que somos melhores amigos!"

Tudo o que consegui fazer foi balançar a cabeça.

"Bom, acho que você precisa ser mais cuidadosa com ele. E mais responsável. Você poderia ter rachado o aquário!"

"Responsável? O que isso significa?", ela perguntou.

"Vamos ver... como posso explicar isso em termos infantis?" Dei um tapinha no queixo, pensativa. "Vou usar a mamãe como exemplo. Ela lhe dá comida, leva você para a escola, cuida de você quando está doente e garante que esteja sempre em segurança. Isso se chama ser responsável."

"Ah! AGORA eu entendi. Então eu preciso ser a mamãe do Rover!", ela disse, toda entusiasmada.

"Isso, algo assim", falei. "Leve-o para o seu quarto e leia uma historinha para ele. Não quero mais água na minha tarefa de casa."

"Entendido!", ela respondeu, pegando o aquário. "Rover, sua mamãe vai levar você para ver o quarto dela!"

Fiquei contente por ela ter aquele peixe, porque assim minha irmã ficaria ocupada e me deixaria em paz.

Mas, quinze minutos depois, ela voltou saltitando para o meu quarto.

"Onde está o Rover?", perguntei.

"Está tomando um banho de espuma", ela respondeu.

"O QUÊ?! Você disse BANHO DE ESPUMA?!", gritei.

"Sim. Ele estava com muito cheiro de peixe, então pensei em colocar o Rover numa bela banheira de espuma! É o que a mamãe faria, certo?"

"Brianna, você está falando sério?! O Rover é um PEIXE! Ele TEM que cheirar a peixe!"

"Bom, ele NÃO cheira mais a peixe! Vem dar uma fungada! Preciso terminar o banho agora. E secar o Rover com o seu secador. Tchau!"

AI... MINHA NOSSA! Fechei o livro com tudo e suspirei. Não dava mais para fazer a lição de casa!

Atravessei apressada o corredor e espiei dentro do banheiro para ver o coitado do Rover.

E, mais uma vez, foi como eu temia.

Ele estava cheio de bolhas de sabão e BOIANDO na pia do banheiro!

A Brianna estava ocupada colocando mais água...

BRIANNA, DANDO UM BANHO DE BANHEIRA EM SEU PEIXINHO!!

"AI, MEU DEUS! Você deu mesmo banho no peixe? Você é louca?!", exclamei. "Brianna, você cozinhou o coitado!!"

"Do que você está falando? O Rover está se divertindo muito. Viu como ele está relaxado?"

Ela enfiou o peixe bem na minha cara. Foi quando senti vontade de vomitar.

"Ele está LONGE de relaxado!", eu disse. "Ele não está se mexendo porque está... MORTO!"

"Eu sou a mamãe dele, não você! E eu estou dizendo que ele está dormindo! Então fim de papo!", ela disse, mostrando a língua para mim.

Mas, quando ela me perguntou se o Rover podia pegar minha escova para que os dois escovassem os dentes juntos na hora de dormir, eu decidi que já era demais!

Obviamente, alguma coisa precisava ser feita. Se eu a deixasse descobrir a verdade sozinha, ela provavelmente precisaria de terapia pelo resto da vida. E outra coisa: meu pai não é exatamente um especialista em assuntos como esse. Ele provavelmente jogaria o peixe na privada e apertaria a descarga, o que seria ainda mais traumatizante para a Brianna. Decidi conversar com a mamãe sobre a situação do peixe morto na noite seguinte, assim que ela voltasse para casa depois de visitar a vovó.

Às vezes, ter uma irmã DOIDA é muito desafiador!! ☹!!

SÁBADO, 5 DE ABRIL

"Mãe, sabe o peixinho da Brianna, o Rover?", perguntei.

"Sei, sim! Acho que ele vai ensinar a ela muitas coisas sobre responsabilidade", ela respondeu com um sorriso.

"Bom, ontem à noite, ele estava boiando na pia do banheiro!", exclamei. "Em um monte de espuma!"

Minha mãe soltou um suspiro e esfregou as têmporas.

"Brianna, Brianna, Brianna...", ela murmurou, exausta. "O que eu vou fazer com essa menina?"

"Mãe, ela não acreditou quando eu disse que o Rover estava morto. Ela ama aquele peixe como se fosse seu próprio bebê! Ela vai ficar traumatizada quando entender que o cozinhou na pia do banheiro."

Eu me lembro de quando tive um peixinho na idade dela. O nome dele era Peixinho Frito.

Todas as crianças da minha turma levaram os animaizinhos para a escola para uma apresentação, então eu quis fazer a mesma coisa.

Coloquei o sr. Peixinho Frito numa caixa com furos para que ele pudesse respirar e o levei à escola.

Bem, você pode imaginar o que descobri quando abri aquela caixa na sala de aula!

"Sei que vai ser triste quando a Brianna souber a verdade. Gostaria que houvesse outra opção", minha mãe disse, balançando a cabeça.

De repente, os olhos dela brilharam.

"Tenho uma ideia! E, se nos apressarmos, podemos chegar lá antes que fechem, às nove da noite!"

Eu olhei para o relógio e para ela, confusa. Eram 20h43.

Normalmente, ela estaria me perturbando para terminar a lição de casa e me preparar para dormir.

"Não entendi! AONDE vamos?", perguntei.

"Depressa!", ela exclamou enquanto agarrava o casaco. "Eu explico tudo no carro, no caminho."

MINHA MÃE, PRESTES A ME LEVAR NUMA VIAGEM MISTERIOSA!

Entramos no carro e ela pisou no acelerador.

"Hum, MÃE, você pode... IR MAIS DEVAGAR?!!"

"Não posso! Só temos dez minutos antes de fecharem!", ela gritou.

O restante da viagem passou depressa.

Quando me dei conta, estávamos paradas no meio do estacionamento vazio da Pets e Coisas. Enquanto saíamos do carro, vimos um atendente trancando as portas.

"Ah. Não. Eles. Não. Fecharam!", minha mãe gritou. "Ainda temos bons seis minutos para fazer compras! Não podem fechar antes da hora!"

Ela saiu do carro com tudo e correu até a porta da loja. Corri atrás dela.

Lá dentro, um funcionário estava varrendo o chão. Ele nos viu ali, de pé, mas nos ignorou totalmente. Então revirou os olhos e nos deu as costas.

"Ei!!", minha mãe bateu o punho cerrado na porta de vidro. "VOCÊS SÓ FECHAM ÀS NOVE! AINDA TEMOS CINCO MINUTOS PARA COMPRAR! ABRAM!!"

EU E A MINHA MÃE, TENTANDO ENTRAR NUMA LOJA FECHADA!!

O cara parecia totalmente irritado. Ele murmurou alguma coisa que eu provavelmente fiquei feliz por não entender e continuou varrendo.

Então minha mãe continuou batendo na porta de vidro. Eu estava rezando para que o vidro não quebrasse em pedacinhos! Finalmente, o cara largou a vassoura, destrancou a porta e colocou a cabeça para fora, fazendo uma careta brava.

"Quando as portas estão fechadas, é uma dica para que os clientes sumam daqui!", ele disse à minha mãe. "Estamos fechados, senhora! Aceite!"

Ele estava prestes a fechar a porta, mas minha mãe enfiou o pé na entrada.

"Escuta aqui!", ela rosnou, balançando o dedo na cara dele. "Temos uma emergência com um peixinho morto em casa, então NÃO estou de bom humor! Agora você VAI nos deixar entrar para podermos comprar um novo, porque NÃO vou organizar outro enterro de peixe! Você tem ideia de como um enterro de peixe é traumático para uma criança? HEIN? TEM?!"

"N-não, senhora!", o cara gaguejou com nervosismo, os olhos arregalados feito dois pires.

Ele deve ter achado que tínhamos acabado de sair de um hospício ou algo assim!

"Isso mesmo! Você NÃO sabe!", minha mãe continuou. "Então deixe a gente entrar! Senão, vou à matriz da Pets e Coisas para reclamar do atendimento horroroso de vocês! Eu fui clara, rapaz?"

"MUITO clara, senhora!", disse ele, com um sorriso falso estampado na cara. "Por favor, entre!"

"Humpf!" Minha mãe ergueu o nariz e entrou na loja como se fosse a dona do negócio. Eu corri atrás dela.

Tenho que admitir, foi meio divertido observá-la repreender o atendente mal-educado!

Demos uma olhada em todos os aquários à procura de um gêmeo idêntico do Rover, mas não tivemos sorte.

E então, quando estávamos prestes a desistir, vi um peixe exatamente do mesmo tamanho e quase tão laranja quanto o Rover escondido atrás de um castelinho.

EU E O NOVO PEIXINHO, NOS CONHECENDO!

Minha mãe e eu ficamos tão felizes por finalmente encontrar nosso peixinho que até trocamos um cumprimento, batendo as mãos no alto.

Enquanto ela estava no caixa pagando pelo Rover novinho em folha, vi o cartaz de um concurso para ganhar ração de cachorro perto da entrada.

Claro que imediatamente pensei no Centro de Resgate de Animais Amigos Peludos, onde o Brandon é voluntário! Um ano de ração grátis ajudaria muito o centro. E, quem sabe, eu poderia ganhar!

Qualquer quantia economizada com comida significaria mais dinheiro que o Brandon poderia usar para cuidar de ainda MAIS animais de rua. Isso deixaria meu amigo MUITO feliz! Um sorriso enorme apareceu em meu rosto só de pensar nele.

De repente me dei conta de como a nossa amizade era importante para mim. Então decidi enviar uma mensagem para ele, com um enorme pedido de desculpas, assim que voltasse para o carro.

Preenchi o cupom com o nome e o endereço do Brandon, dei um beijo de boa sorte e então o coloquei dentro de uma urna grande com outros cupons.

Eu estava parada na porta da frente, esperando minha mãe, quando vi um cara SUPERlindo sair da loja ao lado, ouvindo música. Mas não era QUALQUER cara SUPERlindo...

ERA O BRANDON?!!

E ele estava carregando uma PIZZA!

Mas não era QUALQUER pizza! Era uma pizza para viagem da QUEIJINHO DERRETIDO ☹!!

Eu arfei e fiquei olhando sem acreditar, com a cara grudada na porta.

Então eu gritei: "NÃAAAÃO!!!"

Só que eu disse isso dentro da minha cabeça, então só eu mesma escutei.

Enquanto eu via o Brandon desaparecer ao dobrar a esquina, senti meu coração cair nos meus tênis e se espalhar pelo chão.

Certo, AGORA eu estava começando a me preocupar com a possibilidade de o boato SER verdadeiro!

O que também significava que eu precisava fazer a mim mesma uma PERGUNTA muito difícil e potencialmente dolorosa a respeito daquele BEIJO...

A Chloe e a Zoey ficariam tão IRADAS com o Brandon a ponto de ameaçar BATER nele, como fizeram no Baile do Amor, em fevereiro??!!!

AI, MEU DEUS! Aquele fiasco foi muito MALUUUCO! Principalmente quando a Chloe perdeu as estribeiras e começou a encenar *Karate Kid* com seu vestido de festa! Claro que eu também estava MORRENDO de vontade de saber a resposta a algumas outras perguntas.
O Brandon:

1. me beijou por causa de uma APOSTA, só para ganhar uma pizza, como disse a MacKenzie?

2. me beijou só para arrecadar dinheiro para ajudar as crianças carentes do mundo?

Ou

3. me beijou porque me considera MAIS do que apenas uma boa amiga?

De repente, eu me senti MUITO confusa!

Ficou bem óbvio que eu não conhecia o Brandon tão bem quanto pensava.

De qualquer modo, quando a minha mãe e eu finalmente voltamos para casa, a Brianna já tinha pegado no sono.

Entramos na ponta dos pés no quarto dela e fizemos a troca.

Quando estávamos saindo, pude ver o novo Rover nadando feliz em círculos.

Missão. Cumprida!!

A essa hora, eu já estava tão exausta com todo o drama do lance do Brandon que fui direto para a cama.

Mas fiquei acordada olhando para o teto, tentando entender o que tinha dado errado no nosso relacionamento.

Então eu me levantei e comecei a escrever no meu diário.

De repente, fez muito sentido o fato de o Brandon ter agido tão na defensiva na quinta-feira e parecer louco para se afastar e me dar espaço.

Provavelmente era sua consciência PESADA!

Ou talvez ele só queira começar a andar com a MacKenzie.

O que eu aceito totalmente! A SRTA. DIVA e o SR. APOSTA se merecem, definitivamente!!

Nesse momento já SUPEREI o Brandon!

Eu não me importaria se ele mordesse aquela pizza idiota e ENGASGASSE com um PEPPERONI!

Só quero descer de uma vez dessa montanha-russa emocional maluca!

☹!!

DOMINGO, 6 DE ABRIL

A Brianna entrou no meu quarto enquanto eu estava dormindo.

"BUU!", ela gritou no meu ouvido e deu uma risadinha.

"Bom dia, Brianna", respondi sem me acovardar (depois da centésima vez, isso já deixou de me assustar). "Por que você não vai cutucar o nariz e me deixa dormir?"

"O Rover queria dizer oi!", ela disse, segurando o aquário bem na minha cara. "Ele finalmente acordou do cochilo! Viu?"

O novo Rover continuava nadando feliz em círculos. AINDA BEM!

"E ele está com um cheiro ótimo de limpeza depois do banho!", ela disse. "Quer cheirar?"

"Não! O que eu QUERO é que você e o Rover saiam do meu quarto. Por favor!", resmunguei e joguei o cobertor em cima da cabeça.

"Vamos brincar de boneca e ver TV. E depois vou preparar um delicioso café da manhã para o Rover!"

Quando a Brianna disse "café da manhã", pensei que ela o alimentaria com RAÇÃO DE PEIXE! NÃO com...

CEREAL DA PRINCESA DE PIRLIMPIMPIM!!

AI, MEU DEUS! Fiquei TÃO indignada com a Brianna!

Minha mãe e eu podíamos estar presas por ter praticamente arrombado e invadido uma pet shop fechada.

Tudo porque a Brianna não soube cuidar do peixe idiota dela!

Mas uma coisa estava clara! Precisávamos levar o coitado do Rover de volta para a escola antes de a Brianna MATÁ-LO. DE NOVO!

Minha mãe ligou para a professora dela para pedir desculpas e dizer que tivemos que substituir o peixinho.

Mas parece que nem o Rover que a Brianna levou para casa era o Rover original.

A professora explicou que, infelizmente, outras crianças antes da Brianna já tinham sofrido "acidentes" parecidos.

Isso significava que o Rover que nós tínhamos acabado de comprar era, na verdade, o Rover IX!

Fiquei muito chocada e surpresa ao saber disso.

Minha mãe e eu concordamos que a Brianna ainda não estava pronta para ter um peixinho de verdade.

No entanto, eu podia comprar esses peixinhos de brinquedo e jogá-los no aquário com um banho de espuma.

Se eles flutuassem de lado (como o Rover original), a Brianna NUNCA notaria a diferença!

De qualquer modo, como ela tem que devolver o Rover na escola amanhã, decidiu que quer comprar um peixinho com braços para que ele possa brincar de boneca e assar cupcakes de chocolate com ela.

Eu fiquei, tipo: "Foi mal, Brianna, mas peixes NÃO TÊM braços!"

Mas ela disse: "Ãhã, têm, sim! Vi um na internet e já estou economizando minha mesada!"...

O PEIXINHO COM BRAÇOS DA BRIANNA
(TAMBÉM CONHECIDO COMO SEREIA)

Bom, uma coisa é certa!

Se a Brianna der ao seu peixinho com braços um banho de espuma e cereal da Princesa de Pirlimpimpim, como fez com o Rover, as coisas podem ficar muito mais COMPLICADAS! Só tô dizendo...!!

Com todo o drama do Rover, eu me esqueci totalmente de contar a coisa mais IMPORTANTE que aconteceu hoje!!

Recebi mensagens da Chloe e da Zoey a respeito de um boato maluco que elas tinham acabado de ouvir sobre MIM, envolvendo o Brandon, uma pizza e um beijo ☹!!

Claro que contei TUDO a elas. As duas correram para a minha casa e conversamos durante, tipo, várias horas.

Agora estou me sentindo bem melhor. Talvez minha vida não esteja tão péssima e sem esperança assim!

A Chloe e a Zoey são as MELHORES amigas DE TODOS OS TEMPOS!! Não sei o que eu faria sem elas! ☹!!

SEGUNDA-FEIRA, 7 DE ABRIL

Era mais um dia comum na aula de educação física. Os exercícios eram inúteis, as GDPs estavam enrolando e o professor estava gritando com elas. E eu ainda estava irada com a situação do Brandon.

"NÃO acredito nisso! Parece que fui comprada e vendida por uma porcaria de pizza!", falei alto.

Como ainda estava frio demais para jogar tênis ao ar livre, praticamos ali dentro mesmo, batendo as bolas de tênis contra a parede.

Na verdade, foi muito terapêutico, já que eu estava precisando de algo para me ajudar a gastar toda a energia negativa acumulada dentro de mim.

Para ser bem sincera, eu estava tão IRRITADA que queria BATER em alguma coisa!

Agora, para fazer um comentário mais positivo, minhas melhores amigas e eu estávamos SUPERlindas com nossas roupas de tenistas chiques...

EU E AS MINHAS MELHORES AMIGAS, CONVERSANDO E BATENDO AS BOLINHAS DE TÊNIS COM AS NOSSAS LINDAS E CHIQUES ROUPAS DE TENISTAS!

"Eu achava que o Brandon era um cara muito legal. Mas eu não o conhecia de verdade!", falei.

"Nikki, fica calma!", a Zoey disse. "Sei que parece que o boato pode ser verdade. Mas talvez o Brandon tenha comprado a pizza com a mesada!"

"É mesmo? Que IDIOTA gastaria um centavo com uma pizza nojenta da QUEIJINHO DERRETIDO?", disparei de volta.

"Um idiota FAMINTO?", a Chloe respondeu. "Consegui um ótimo preço numa pizza de camarão na semana passada."

"Mas ele disse que me deve um pedido de desculpas, então isso deve significar que o boato é verdadeiro! E POR QUE ele simplesmente se afastou quando eu tentei conversar com ele?", perguntei.

"Tenho certeza que provavelmente foi porque você estava gritando que ele ARRUINOU a sua vida", a Zoey respondeu. "Mas eu posso estar errada."

"Talvez ele tenha se afastado para procurar uma pedra. Você DISSE a ele para se enfiar embaixo de uma, não disse?", a Chloe perguntou.

"Tudo bem, eu admito. Essa parte foi culpa MINHA! Eu só queria saber com certeza se tudo que a MacKenzie disse sobre a APOSTA é verdade!", falei e bati a bola com ainda mais força. "Porque agora eu NUNCA vou saber se o meu primeiro beijo foi só uma GRANDE PIADA! E isso ESTÁ. ME. DEIXANDO. LOUCA!!!"

Bati a bola de tênis com raiva, e mal conseguimos nos abaixar quando ela ricocheteou na parede e atravessou o ginásio numa velocidade que parecia ser de cem quilômetros por hora.

A Chloe ergueu uma sobrancelha para mim. "LOUCA é pouco! Nikki, você está batendo na pobre bola de tênis como se ela estivesse te devendo dinheiro!", ela comentou.

"Desculpa!", murmurei.

De repente, os olhos da Zoey brilharam. "Prestem atenção, meninas! Tenho uma ideia! E, sim, eu sei que é maluca! Mas por que a gente não telefona para a Queijinho Derretido e pede que nos enviem uma cópia da nota do Brandon? Assim podemos ver se ele pagou pela pizza ou se alguém a comprou por causa de uma aposta, como a MacKenzie disse."

"Desculpa, Zoey, mas a Queijinho Derretido NUNCA mandaria uma nota para um grupo de meninas tolas e intrometidas como A GENTE!", resmunguei.

"Aposto que mandariam se acreditassem que as meninas tolas e intrometidas são CLIENTES!", a Chloe gritou, balançando as mãos feito doida. "Nós só precisamos fingir que somos o BRANDON!"

"AI, MEUS DEUS! Isso funcionaria totalmente!", a Zoey concordou, empolgada. "Vamos ligar e dizer que ele perdeu o cupom fiscal e que precisa de uma cópia. Podemos pedir que enviem por mensagem."

"Vocês ENLOUQUECERAM?!", eu praticamente gritei com as minhas melhores amigas. "Não podemos fingir que somos o Brandon! Não existem leis contra esse tipo de coisa?!"

Foi quando a Chloe e a Zoey trocaram "aquele olhar".

EU, MUITO DESCONFIADA DE QUE A CHLOE E A ZOEY ESTÃO PRESTES A ARMAR UMA PARA ME CONFUNDIR!

E eu sabia por experiência própria que "o olhar" significava que elas iam tentar me CONVENCER a fazer algo que eu NÃO QUERIA fazer!

Eu ODEIO totalmente ser CONFUNDIDA ☹!!

"Certo, Nikki. Esquece isso!", a Zoey falou, de repente parecendo extremamente entediada, batendo a raquete na bola de tênis. POF. POF. POF. POF. "Se você quer viver a vida e depois MORRER sem saber se o seu primeiro beijo foi AMOR VERDADEIRO, então vá em frente!"

A Chloe bocejou e cutucou as unhas. "Bom, Nikki, a boa notícia é que, quando você for velha e solitária, vai poder passar seus últimos dias de vida pensando se o Brandon comprou a pizza com dinheiro ou se a ganhou numa aposta. Dinheiro ou aposta. Dinheiro ou aposta. Dinheiro ou aposta. Dinheiro ou..."

"Está bem, meninas! PAREM!! Apenas PAREM!", eu gritei para elas.

Infelizmente, a TAPEAÇÃO delas estava funcionando.

Como sempre.

"Vocês deixaram bem claro", continuei. "Essa coisa pode me assombrar pelo resto da vida. Eu QUERO saber a verdade. Mas NÃO quero acabar na cadeia por tentar descobrir. E, mais importante, não quero dar à MacKenzie o gostinho de ARRUINAR o meu primeiro beijo! Então, o que estou tentando dizer é que eu gostaria de contar com a ajuda de vocês nisso, meninas."

Batemos os punhos cerrados para mostrar nossa solidariedade como MELHORES AMIGAS e nosso compromisso em descobrir a verdade por trás do boato.

"Certo, minha maior preocupação é que a Queijinho Derretido não acredite na gente", expliquei. "POR QUE o Brandon de repente precisaria de uma cópia de emergência de um cupom fiscal de dois dias atrás?!"

"Bom, sei lá. Talvez ele precise para, hum... declaração de impostos?", a Zoey perguntou.

"Impostos?! Humm, isso ME PARECE bem legítimo", falei, tocando o queixo, pensativa. "Sabe de uma coisa, Zoey?! Acho que pode dar certo!"

"Concordo! É brilhante! Genial!", a Chloe disse, toda animada. "Hum, o que significa 'declaração de impostos'?"

"Na verdade, não faço a menor ideia." A Zoey deu de ombros. "Mas, sempre que meus pais perdem uma nota ou papéis importantes, as pessoas enviam cópias quando eles dizem que é para a declaração de impostos."

"Sim, já ouvi meus pais usarem essa desculpa também", concordei. "E funciona como um feitiço!"

"Uau! Acho que vou tentar isso na próxima vez que tomar bomba numa prova!", disse a Chloe. "Vou simplesmente dizer à professora que perdi a folha de prova com a nota ruim e pedir uma nova para a declaração de impostos. Conseguir fazer uma prova substituta por causa dos impostos poderia melhorar muito as minhas notas."

"Desculpa, Chloe, mas não acho que isso resolva no caso de notas ruins", a Zoey deu uma risadinha.

"Ei, não custa tentar!", a Chloe sorriu.

"Bom, eu acho que devíamos fazer a ligação do telefone da biblioteca para parecer mais sério. Assim a Queijinho Derretido não vai se precipitar em nos ignorar por não sermos adultas", a Zoey explicou.

"Por que não ligamos amanhã no almoço?", sugeri. "Quase ninguém fica na biblioteca na hora do almoço às terças."

A Chloe insistiu para se passar pelo Brandon no telefonema. Ela achava que, por ter lido mais romances adolescentes com caras durões na história, poderia "entrar na cabeça deles".

Seja lá o que isso significa!

Também decidimos que a nota seria enviada para o telefone da Zoey, já que o celular dela pega melhor do que o da Chloe ou o meu na biblioteca.

Minha tarefa é pegar três passes de assistentes da biblioteca na secretaria do colégio, para podermos sair do refeitório durante o almoço e ficar na biblioteca.

E sim! Eu me sinto meio culpada por pegar passes para a biblioteca quando não pretendemos arrumar os livros.

Mas fazer aquele telefonema para a Queijinho Derretido e chegar à fonte de todo esse drama recente é uma tarefa MUITO MAIS importante, até onde eu sei.

Porque, sinceramente, não sei mais se posso confiar no Brandon.

E o fato de a nossa amizade estar terminando assim é uma grande TORTURA!!

☹!!

TERÇA-FEIRA, 8 DE ABRIL

Passei a manhã toda numa pilha de nervos! Muito em breve, vou descobrir se aquele boato que a MacKenzie espalhou sobre o Brandon é verdadeiro.

E também tinha uma sensação muito incômoda, como se eu estivesse me esquecendo de fazer uma coisa SUPERimportante.

Assim que a aula de educação física terminou, a Chloe, a Zoey e eu corremos para o refeitório e devoramos nosso almoço bem depressa.

Estávamos quase devolvendo a bandeja para seguir rumo à biblioteca quando FINALMENTE me lembrei do que tinha esquecido!

Os passes para a biblioteca!!! AI, DROGA ☹!!

Infelizmente, teríamos que cancelar nosso plano secreto ou correr o risco de ficar mais tempo no colégio, de castigo, por nos INFILTRARMOS na biblioteca sem permissão.

Apesar de eu ter bagunçado as coisas, a Chloe e a Zoey AINDA insistiram em fazer o telefonema.

Mas a tarefa difícil de sair sorrateiramente do refeitório de repente se tornou IMPOSSÍVEL quando...

O DIRETOR WINSTON ESTACIONOU O TRASEIRO BEM AO LADO DA NOSSA MESA E FICOU ALI DURANTE, TIPO, UMA ETERNIDADE ☹!!

Claro que não ousamos tomar nenhuma atitude. Não queríamos ARRUINAR nossa reputação de alunas quietas, estudiosas e obedientes.

Aposto que o Winston NUNCA imaginaria que sempre nos enfiamos no depósito do zelador, ao qual os alunos não têm acesso.

Ei! É o nosso SEGREDINHO ☺!

Quando enviei uma mensagem sobre isso para a Chloe e a Zoey, elas não conseguiram parar de rir. A Chloe respondeu dizendo que nosso GRANDE segredo é que passamos trote pelo telefone da biblioteca ☺! E a Zoey escreveu que nosso segredo ENORME é termos entrado no vestiário dos meninos ☺!

Para nossa sorte, o Winston finalmente caminhou até o outro lado do refeitório para dar uma olhada numa mesa de jogadores de futebol que estavam fazendo uma competição para ver quem conseguia comer mais macarrão com queijo.

Rapidamente nos livramos das bandejas e passamos pela porta... atrás de uma lata de lixo bem grande e fedorenta.

MINHAS MELHORES AMIGAS E EU, PARTINDO DISCRETAMENTE PARA A BIBLIOTECA ATRÁS DE UMA LATA DE LIXO MUITO FEDORENTA!

Como a gente tinha se atrasado por causa do diretor Winston, quando chegamos à biblioteca tínhamos menos de três minutos para fazer a ligação e ir para a aula.

Nós paramos animadas em volta do telefone enquanto a Chloe digitava o número.

"E aí, mano?! É da Queijinho Derretido? Legal! Pô, meu nome é Brandon e eu estive aí há alguns dias, cara, e perdi meu cupom fiscal. E eu, tipo, preciso muito disso para... humm... declarar impostos... Oi? Eu disse impostos!... Não, NÃO é dispostos. Olha, cara, não tem nada a ver com isso, tá? Eu disse IMPOSTOS!... É, legal! Maneiro!... Se eu lembro o que pedi? Claro que sim! Nem todos os homens são idiotas. A gente consegue lembrar de um monte de coisas. Eu pedi... humm...! Pode esperar um segundo? Tenho que... arrotar! Coisa de homem, sabe como é."

A Zoey e eu nos encolhemos.

A Chloe cobriu o fone com a mão e sussurrou feito uma doida: "Nikki, ele quer saber qual foi o meu pedido! Você sabe o que o Brandon pediu?"

"Na verdade, Chloe, não sei bem qual foi o pedido!", sussurrei meio que gritando. "Não vi o Brandon comendo. Mas, independentemente do que tenha sido, estava dentro da caixa de pizza que ele estava carregando. Acho que tem muitas chances de ter sido uma pizza grande. Ah, quase esqueci, ele também estava levando uma garrafa de refrigerante em cima da caixa de pizza."

A Chloe continuou falando ao telefone: "Bom, CARA! É tipo assim. Na verdade, eu não sei o que pedi, porque não me vi comendo. Mas, independentemente do que tenha sido, estava dentro da caixa de pizza que eu estava carregando! Provavelmente era uma pizza grande. E eu bebi um refrigerante que estava em cima da caixa de pizza. Você entendeu tudo, cara?"

A Zoey e eu reviramos os olhos.

Eu fiquei bem preocupada que, em algum momento, o cara da Queijinho Derretido pensasse que a Chloe estava passando trote e decidisse desligar na cara dela.

A Chloe continuou: "Então você quer saber o dia e a hora? Hum, claro que eu sei. Mas espera um pouco, preciso cuspir. A maioria dos jogadores de futebol cospe, e eu jogo futebol pra caramba! Já volto!"

Parecia que a Chloe tinha enlouquecido. Por que ela estava dizendo todas aquelas coisas malucas?

"Nikki, ele quer a data e a hora!", ela sussurrou com nervosismo.

"Hum, tá bom. A Brianna matou sem querer o peixinho dela na sexta, e compramos um novo na noite de sábado. Vi o Brandon pela porta da Pets e Coisas um pouco depois das nove da noite. Mas, por favor, não precisa contar todos os detalhes, já que não é da conta dele."

A Chloe pigarreou. "Certo, escuta, cara. A irmãzinha da minha melhor amiga matou o peixe dela na sexta, e minha amiga comprou um novo no sábado à noite. Então eu vi... humm... eu me vi da porta da Pets e Coisas um pouco depois das nove. Mas não preciso lhe contar todos os detalhes, porque não é da sua conta.

Sacou, cara? Ótimo!... Tudo bem, eu espero." A Zoey e eu balançamos a cabeça, sem acreditar.

Meu medo era de que a Chloe tivesse sido deixada na espera para que o gerente pudesse ligar para a polícia e denunciar alguém estranho tentando obter acesso a informações particulares de clientes, para falsificar a identidade ou alguma coisa assim.

A ligação seria rastreada até nós na biblioteca do colégio, e uma equipe de investigação de vinte e nove policiais entraria pelas janelas para nos prender.

Então, depois de uma eternidade...

"AI, MEU DEUS! Você encontrou o cupom e vai enviá-lo? ÊÊÊÊÊ!!", a Chloe gritou.

Então, assumindo a identidade falsa, ela acrescentou depressa: "PÔ!! Não sei o que me deu. QUE ESTRANHO! Foi mal, cara. O que eu quis dizer foi: você encontrou o cupom fiscal e vai enviá-lo por mensagem? Maneiro, cara, demais!"

A CHLOE, A ZOEY E EU, FELIZES E ALIVIADAS PORQUE A QUEIJINHO DERRETIDO CONCORDOU EM MANDAR O RECIBO!

A Chloe deu o número do telefone da Zoey para o homem e continuou: "Valeu mesmo, cara! Te adoro, brother! Ao infinito e além! Até mais!"

Então ela desligou e disse: "Conseguimos! Ele vai mandar o recibo para a Zoey agora mesmo!"

Eu não podia acreditar que a Chloe tinha mesmo conseguido.

Ela foi totalmente PÉSSIMA e terrivelmente HILÁRIA, tudo ao mesmo tempo.

Ficamos TÃO felizes que demos um abraço coletivo ☺!!!

Eu me considero muito sortuda por ter melhores amigas maravilhosas, como a Chloe e a Zoey.

Esperamos ansiosamente até a mensagem chegar, e, quando chegou, a Zoey me passou seu celular.

Minhas mãos estavam praticamente tremendo enquanto eu lia o recibo do Brandon...

```
┌─────────────────────────────────┐
│      QUEIJINHO DERRETIDO        │
│          PARA VIAGEM            │
├─────────────────────────────────┤
│     A MELHOR PIZZA DO MUNDO     │
│    SÁBADO, 5 DE ABRIL, 21H04    │
├─────────────────────────────────┤
│            **RECIBO**           │
│                                 │
│ 1 PIZZA GRANDE AMANTES DA CARNE   $9,99 │
│ 1 REFRIGERANTE                    $1,21 │
│ IMPOSTOS                          $0,80 │
│ TOTAL                            $12,00 │
│ DINHEIRO                          $0,00 │
│ VALE-PRESENTE                    $12,00 │
│ TROCO                             $0,00 │
│                                 │
│          **OBRIGADO**           │
└─────────────────────────────────┘
```

Eu pisquei, chocada, e li aquilo várias vezes.

O Brandon NÃO comprou a pizza da Queijinho Derretido com dinheiro ☹!!!

O que significa que a MacKenzie ESTAVA dizendo a verdade!

A compra foi paga com um vale-presente! Um vale-presente que, de acordo com a MacKenzie, foi conquistado por causa de uma APOSTA que ME envolvia!

Aquela notinha me revelou muito mais do que o tipo de pizza que o Brandon pediu.

Ela revelou que...

O boato é VERDADEIRO!!

A MacKenzie estava CERTA!!

O Brandon NÃO É MEU AMIGO!!

E o meu primeiro beijo foi uma total e completa MENTIRA!

AAAAAAAAAAHHH!!
(Essa sou eu gritando!!!)

☹!!

QUARTA-FEIRA, 9 DE ABRIL

Hoje eu tive uma reunião com o sr. Zimmerman, o consultor do jornal do colégio, a respeito da coluna de conselhos que escrevo em segredo, "Pergunte à srta. Sabichona".

Como minha semana foi um enorme pesadelo, eu meio que estava esperando que ele me DEMITISSE na hora!

Espiei com nervosismo dentro do escritório dele. "Oi, sr. Zimmerman, o senhor queria falar..."

"NÃO! Não quero nada!", ele gritou. "AGORA SAIA DO MEU ESCRITÓRIO!!"

"MIL desculpas!", respondi e me virei para sair.

"Espere um pouco, Nikki! VOCÊ pode entrar! Mas NÃO aquelas crianças que cheiram a Doritos e videogame", ele murmurou.

O sr. Zimmerman é um professor legal! Só é MUITO... humm... ESQUISITO!

Precisei de um tempo para me acostumar com a personalidade forte dele e com o fato de ele mudar de humor pelo menos cinco vezes por dia. Isso significa que nunca sei bem o que vou encontrar.

Lentamente, coloquei a cabeça dentro da sala de novo e o vi de óculos escuros, curvado sobre a mesa.

O escritório dele estava uma bagunça, com montanhas de papel empilhado por todas as partes.

Ele fez um gesto para eu me sentar, então me aproximei timidamente e me acomodei.

"POR FAVOR! NÃO FAÇA TANTO BARULHO QUANDO ANDAR!! ESTOU COM UMA DOR DE CABEÇA DE RACHAR!", ele resmungou.

"E-eu sinto muito!", gaguejei. "Não sabia!"

"Sim, você SABIA! Eu acabei de DIZER há alguns segundos. Eu disse para você não andar fazendo tanto barulho, porque estou com uma dor de cabeça de rachar. Você não lembra?!"

EU, TENTANDO ME DESCULPAR COM O SR. ZIMMERMAN POR ~~FALAR~~ ANDAR DE UM JEITO MUITO BARULHENTO!

"Hum, tudo bem, então", falei e logo mudei de assunto. "Bom, estou aqui porque o senhor queria falar comigo sobre a coluna da srta. Sabichona. Espero que esteja tudo bem."

"Na verdade, a sua coluna de conselhos está mais popular do que nunca! Você está prestes a se tornar a próxima Oprah! Continue trabalhando assim!"

Então ele me explicou que, para facilitar nas respostas ao grande volume de mensagens que eu estava recebendo, ele pediu que o clube do computador criasse um site da srta. Sabichona.

Agora, os alunos que precisam de conselhos podem deixar uma carta em uma de nossas caixas de ajuda espalhadas pelo colégio, ou enviar um e-mail para mim!

Graças ao sr. Zimmerman, eu tenho o meu próprio site da srta. Sabichona.

Que ótima notícia. Já estava na hora de ALGUMA COISA dar certo, pelo menos uma vez na minha vida.

MEU SITE DA SRTA. SABICHONA, NOVINHO EM FOLHA ☺!

O sr. Zimmerman disse que a Lauren, sua estagiária, também escanearia as cartas escritas à mão e as enviaria por e-mail para mim, para que fossem arquivadas no site.

Isso vai tornar meu trabalho MUITO mais fácil!

Então ele enfiou a mão no bolso e me entregou um post-it amassado.

"Aqui está a informação para você acessar o site. O nome de usuário é a segunda linha, e a senha é a terceira."

"Essa informação é altamente confidencial! Proteja-a com a sua vida! E, se não protegê-la, será automaticamente DEMITIDA!", ele disse, muito sério.

"DEMITIDA?", engoli em seco. "Sério?!"

"Sim, sério! Demorei quase quatro horas para ajeitar o nome de usuário e a senha! E agora não consigo encontrar minha lista de afazeres. Vai ser mais fácil e menos demorado para mim DEMITIR você do que passar mais quatro horas criando um usuário e uma senha novos. Então, por favor! Não estrague tudo!"

Eu quis mencionar que parecia que meu nome de usuário e minha senha ERAM a lista de afazeres dele.

Mas, como o sr. Zimmerman já estava tendo um dia difícil, com a dor de cabeça e tudo o mais, eu não queria correr o risco de irritá-lo de novo.

Então apenas sorri, agradeci e enfiei o bilhete no bolso.

Em seguida, usando meu nome de usuário e minha senha, acessamos o site e ele explicou como tudo funcionava.

Mal posso esperar para começar a responder às cartas usando o novo site. Trabalhar na minha coluna de conselhos vai ser mais divertido do que nunca!

"Mais alguma coisa?", ele perguntou por fim, olhando para o relógio das Tartarugas Ninja na parede.

"Não, acho que não", respondi. "Mas quero agradecer mais uma vez pelo novo site da srta. Sabichona!"

"De nada!", o sr. Zimmerman disse, ajeitando os óculos de sol e se recostando na cadeira. "AGORA SAIA DA MINHA SALA!! Já gastei tempo demais com você! E AINDA tenho que encontrar minha lista de afazeres!"

Enfim, depois da nossa reunião, eu tive certeza absoluta de UMA coisa!

O homem é mais MALUCO do que o manicômio todo junto ☹!!

Mas eu adoro o sr. Zimmerman ☺!!

Bom, estou muito feliz porque minha coluna de conselhos está indo tão bem, apesar de o resto da minha vida estar EM FRANGALHOS.

AI, MEU DEUS! Acabei de ter a ideia mais brilhante de todas!

Eu devia escrever uma carta para a srta. Sabichona!!

Assim talvez eu consiga ME DAR um ótimo conselho sobre como resolver todos os meus PRÓPRIOS problemas PESSOAIS!

☺!!

LEMBRETE:

INFORMAÇÃO EXTREMAMENTE IMPORTANTE!!

Site da coluna de conselhos da srta. Sabichona:

Usuário: 1Comprarleite

Senha: 2Auladeiogaas19h

Lembre-se de proteger isso com a sua vida!!

Ou você estará AUTOMATICAMENTE DEMITIDA!!

☹!!

QUINTA-FEIRA, 10 DE ABRIL

Cheguei ao colégio mais cedo para poder mexer na coluna de conselhos da srta. Sabichona. Foi a distração perfeita para todo o drama com o qual tenho lidado ultimamente.

Só torci para não encontrar você-sabe-quem. Desde a nossa briga na semana passada, ele e eu temos basicamente nos ignorado.

Quando entrei na sala do jornal, a primeira coisa que vi foi um grupo de alunos rindo histericamente de um vídeo a que estavam assistindo no celular.

Parece que o garoto que o estava exibindo tinha conseguido o vídeo com uma garota que havia filmado uma colega de classe.

Como eu adoro vídeos engraçados tanto quanto qualquer pessoa, decidi parar e ver também.

AI, MEU DEUS!! Foi tão CHOCANTE que quase vomitei o mingau de aveia que comi no café da manhã. Era um vídeo da...

Lá estava ela, na nossa aula de francês, gritando, pulando sem parar e balançando a cabeça, como se tivesse enlouquecido.

E olha isso! Alguém tinha colocado MÚSICA no vídeo. Então parecia que ela estava fazendo aquela dança maluca que viralizou um tempo atrás chamada Harlem Shake!

Foi bem doloroso assistir ☹! Mas eu assisti. Porque era HILÁRIO ☺!!

Se/quando a MacKenzie descobrir que os alunos estão compartilhando aquele vídeo HORROROSO, ela vai ter um TRECO ÉPICO.

E vai ser dez vezes PIOR do que o que ela teve por causa daquele inseto bobo.

Tenho que admitir, aquele vídeo é tão... CRUEL!!

Apesar de a MacKenzie NÃO ser minha pessoa preferida, eu senti muita, muita PENA dela ☹!

SÓ QUE NÃO ☺!!

Ei, eu AINDA estou traumatizada por causa daquele vídeo que ela gravou em que apareço dançando e cantando no palco da Queijinho Derretido com a Brianna.

E depois POSTOU NO YOUTUBE ☹!!

UM VÍDEO MUITO VERGONHOSO NO QUAL EU DANÇO E CANTO NO PALCO COM A MINHA IRMÃZINHA!

Talvez agora a MacKenzie saiba como é ser totalmente HUMILHADA, a ponto de querer cavar um BURACO bem fundo...

Se ENFIAR nele...

E MORRER!! ☹!!

Espero de verdade que essa experiência lhe ensine uma bela lição.

Mas ela pode se considerar uma pessoa DE SORTE!

Pelo menos ninguém colocou o vídeo DELA na INTERNET para milhões de pessoas assistirem.

AINDA!!
☺!!

SEXTA-FEIRA, 11 DE ABRIL

Querida Nikki,

Eu sinto muito, mas acho que você acabou de PERDER algo muito IMPORTANTE ☺!

(Quer dizer, além do seu FOFO, porém TONTO paquera, o Brandon! E talvez o seu ORGULHO!!)

Hum... agora, O QUE pode ser?!!

Sua mochila? Não!

Seu livro de geometria? Não!

Sua tarefa de francês? Não!

Talvez algo feioso daquele seu guarda-roupa supercafona?

Quem dera! O mundo seria um lugar muito melhor sem aquelas suas calças de poliéster HORRENDAS ☹!!

E onde você comprou esses sapatos baratos? Deixe-me adivinhar. Foram BRINDE no McLanche Feliz?!

Bom, vou começar explicando exatamente como coloquei minhas lindas mãozinhas no SEU maior TESOURO.

Como sempre, acordei exatamente às 6h15, tomei banho e fiz dez minutos de ioga.

Depois tomei um café da manhã completo, com suco de laranja fresquinho, metade de um bagel com queijo de cabra e um suco verde, tudo servido em uma bandeja de prata pela minha empregada, a Olga, na minha cama.

A propósito, o suco verde é essencial para ajudar a manter minha pele PERFEITA. Além das visitas semanais ao salão de bronzeamento Você-Custeia-A-Gente-Bronzeia.

Depois, tive que decidir qual roupa LINDA de marca eu usaria para ARRASAR no colégio hoje...

FASHIONISTA FABULOSA?!

INTELECTUAL-UAU?!

OU... GATINHA DESCOLADA?!

Sim, eu sei! Como sempre, fiquei superPODEROSA com TODOS os modelitos!

Mas, depois de experimentar os três e consultar minha personal stylist por Skype (no momento, ela está em turnê com a Taylor Swift), escolhi o look Gatinha Descolada.

Como meu pai está na Europa (de novo!) e minha mãe tinha um compromisso supercedo no spa para um tratamento facial, nosso motorista, o Nelson, me deixou no colégio em nossa limusine preta.

Que, a propósito, NÃO tem uma BARATA de plástico de dois metros em cima!!

Como CERTAS pessoas que conheço.

Fala sério! Isso é MUITO HUMILHANTE!

Desculpa, mas se eu tivesse que andar numa LATA-VELHA com um INSETO gigante em cima...

AI, MEU DEUS. NÃO CONSIGO NEM...!!!

Eu VENDARIA meus olhos, faria um CARÃO e PAGARIA o Nelson para me ATROPELAR com a minha LIMUSINE.

EU, VENDADA, SENDO ATROPELADA PELA MINHA LIMUSINE

Colocaria um SACO na cabeça e ME JOGARIA no Grand Canyon!!

EU, ME ATIRANDO NO GRAND CANYON!!

Ou então passaria CHEESEBURGERS DUPLOS pelo corpo todo e PULARIA dentro do TANQUE DOS TUBARÕES no Sea World!!

EU, PRESTES A PULAR NO TANQUE DOS TUBARÕES NO SEA WORLD!!

Na verdade, estou brincando, queridinha 😊!!

Aquela barata GIGANTESCA de plástico parece ser um membro importante da sua família. Porque a SUA irmãzinha disse à MINHA irmãzinha que o nome dela é MAX e que é um ANIMAL DE ESTIMAÇÃO da família!

Nikki, você obviamente tem uma família muito da ESQUISITA!! Sinto TANTA pena do MAX!

Bom, como eu estava dizendo, depois que o Nelson me deixou no colégio, fui direto para o meu armário passar mais gloss labial e...

OPA! Tem alguém vindo pelo corredor! Então, infelizmente, tenho que parar de escrever agora.

E, Nikki, você NUNCA adivinharia quem é esse "alguém"!!

É VOCÊ, queridinha 😊! Você e as bobocas das suas amigas, a Chloe e a Zoey, estão rindo e saltitando pelo corredor como um monte de MACAQUINHAS DE CIRCO adestradas!

É claro que você não faz ideia de que o seu precioso diariozinho sumiu. Sim! Eu disse DIÁRIO!!

Mal posso esperar para ver você tendo O ATAQUE DOS ATAQUES quando finalmente perceber que o perdeu!

Mas por enquanto só vou escondê-lo dentro da minha bolsa de marca Verna Bradshaw, que comprei (com 20% de desconto!) no shopping ontem.

Na próxima aula, pretendo pedir permissão à professora de francês para ir ao banheiro. E, enquanto você estiver ocupada conjugando verbos, estarei LENDO o seu diário ☺!

TCHAUZINHO!

MacKenzie

SÁBADO, 12 DE ABRIL

Querida Nikki,

Não faço ideia de por que você passa horas e horas escrevendo neste seu diariozinho idiota.

Mas me deixe adivinhar! É porque você realmente precisa ARRUMAR O QUE FAZER DA VIDA!

Quando quero dividir minhas experiências ou falar sobre alguma coisa, converso com a minha mãe e com o meu pai.

Claro, às vezes a mamãe está superocupada com sua vida de socialite e fazendo caridade.

E às vezes o papai está superocupado construindo seu império empresarial multimilionário.

Mas, quando meus pais muito dedicados não podem passar um tempo de qualidade comigo (o que, tenho de admitir, anda acontecendo com muita frequência atualmente), sempre posso contar com o dr. Hadley, meu terapeuta.

Ele me ouve pacientemente por uma hora INTEIRA, contanto que meu pai lhe pague 480 dólares por sessão. E eu vou DUAS VEZES por semana, se quiser!! Não é muito LEGAL?! Sou uma menina de MUITA sorte ☺! Mas, por favor, não sinta inveja de mim, tá?

Sinto muita PENA de você, Nikki, porque, como apoio emocional, você SÓ tem seus pais MUITO esquisitos. E este diário IDIOTA.

E ninguém mais se importa com você! A não ser a pirralha da sua irmã, Brianna. Ah, e a Chloe e a Zoey. E provavelmente a Marcy, a Violet e a Jenny. Claro, tem também o Theo e o Marcus.

Mas o Brandon? Segundo as fofocas, ele já TE ESQUECEU ☺! Desculpa, queridinha, mas seu AMOR partiu para outra.

O que quero dizer é que VOCÊ não tem NENHUM amigo de VERDADE! E sente uma INVEJA louca, porque as GDPs praticamente VENERAM o chão que eu piso!!

Enfim, preciso deixar uma coisa perfeitamente clara: **EU NÃO ROUBEI O SEU DIÁRIO!**

Tenho integridade demais para ir tão baixo. Além disso, meu pai me compraria uma FÁBRICA DE DIÁRIOS em um país pobre de terceiro mundo se eu quisesse. Só estou comentando.

Ele me dá quase tudo que quero, principalmente se eu fizer um escândalo. E a mamãe diz que eu sou uma RAINHA DO DRAMA ainda maior do que ELA ☺! Os dois ME ADORAM!

Então, ontem eu estava a caminho do meu armário para retocar meu gloss labial. Minha stylist diz que gloss labial NUNCA é demais!

VOCÊ tinha acabado de sair correndo para a aula quando testemunhei algo muito CATASTRÓFICO...

EU, TOTALMENTE CHOCADA PORQUE A PORTA DO SEU ARMÁRIO <u>NÃO</u> FECHOU DIREITO POR CAUSA DO SEU CASACO HORROROSO COR DE VÔMITO!!

Aquele seu casaco era tão REPUGNANTE que me deu náusea. Pensei seriamente em ligar para a emergência e solicitar uma ambulância.

Mas não para MIM! Queria que eles transportassem seu casaco cor de vômito para o LIXÃO da cidade. E que o QUEIMASSEM, por ser uma ameaça à saúde pública.

E SIM, Nikki, eu tentei lhe avisar que a manga do seu casaco estava presa na porta do armário.

Mas, devido à minha grave alergia àquela peça de roupa, só consegui sussurrar, e acho que você não ouviu.

Claro que TUDO isso foi totalmente culpa SUA! Porque um SER HUMANO racional vestir um casaco COR DE VÔMITO para ir ao colégio está além da explicação, da lógica e da razão!!

Sério, não consigo NEM...!!!

De qualquer modo, quando comecei a me recuperar do HORROR pelo qual havia acabado de passar, você já tinha atravessado o corredor toda felizinha, como uma coelhinha SEM NOÇÃO, e desaparecido.

Foi quando fiquei tão preocupada com seu armário aberto que comecei a ter um ATAQUE DE PÂNICO!!

E se alguém roubasse seus livros? Nosso colégio sofreria uma perda financeira!

E se alguém roubasse a chave da sua casa? A segurança da sua família estaria em risco!

E se alguém roubasse seu casaco? Ele seria deixado na mata, para que alguma gata de rua grávida tivesse seus filhotinhos em cima dele!

Então, Nikki, apesar de eu basicamente TE ODIAR (brincadeira, queridinha ☺!), decidi ser responsável e tomar medidas para proteger o que você tem de mais valioso e querido.

EU, CONFISCANDO HEROICAMENTE SEU DIÁRIO ANTES QUE ELE SEJA ROUBADO E LIDO PELO COLÉGIO INTEIRO!!

Como você pode ver, eu não ROUBEI seu diário!! Na verdade, você deveria me AGRADECER pelo que fiz! Porque, do contrário, as páginas com seus segredos mais profundos e obscuros já estariam espalhadas pelos corredores.

Eu pretendia devolver seu diário antes da aula de estudos sociais. Mas quase não cheguei a tempo na sala, já que tive que passar no banheiro das meninas para escovar o cabelo.

Aí eu pretendia devolvê-lo a você depois da aula de educação física. Mas a professora me fez correr três voltas a mais, por ter ficado conversando com a Jessica sobre o seu casaco cor de vômito nojento durante os exercícios.

E, por fim, eu pretendia devolvê-lo na aula de biologia. Mas estava ocupada PAQUERANDO o BRANDON, enquanto você observava e fingia que NÃO ESTAVA morrendo de ciúme ☺!

Então, no fim do dia, fui FORÇADA a levar seu diário para casa comigo, para mantê-lo em segurança!

Sendo bem sincera, Nikki, eu nunca gostei de você porque não a conheço direito! E acho que você provavelmente não gosta de mim porque não me conhece direito.

Então o fato de eu estar lendo seu diário é uma coisa BOA! Estou descobrindo suas esperanças, medos e sonhos, e todos os seus mais profundos e obscuros segredos.

E, para que VOCÊ possa ME conhecer melhor, vou escrever um pouco no seu diário sobre mim e a minha vida!

Também vou DESENHAR, para você ver como sou uma artista fabulosamente talentosa.

Mas por favor! Não pense nem por um minuto que você é tão linda quanto o desenho seu que estou fazendo nestas páginas. Eu me recuso a desenhar pessoas feias, porque elas literalmente me dão náuseas!

Enfim, Nikki, espero que você goste de ler...

OS DIÁRIOS DE MACKENZIE:
HISTÓRIAS DE UMA RAINHA DO DRAMA NADA TONTA

BEM-VINDA AO MEU MUNDO, QUERIDINHA!!!

TCHAUZINHO!

DOMINGO, 13 DE ABRIL

Querida Nikki,

Hoje foi tão... totalmente BIZARRO! Por quê?

Porque tive uma completa EMERGÊNCIA DE MODA!

AI, MEU DEUS! Fiquei meio zonza e a palma das minhas mãos começou a suar. ECAA!!

Minha fashion stylist (que, a propósito, está atualmente em turnê com a Ariana Grande) diz que não devemos suar NUNCA! Só... BRILHAR!

Bom, era essencial que eu corresse até o shopping para encontrar a blusa PERFEITA para ir ao colégio na segunda-feira.

Precisava ser:

Fofa, mas não infantil demais.

Refinada, mas não sem graça.

Ousada, mas não cafona.

Estilosa, mas não "modinha" demais.

Finalmente, depois de passar, tipo, A VIDA fazendo compras, encontrei não uma, não duas, mas TRÊS lindas blusas de marca!

E, como eu não conseguia escolher minha favorita, decidi levar as TRÊS por apenas 689,32 dólares!

Por quê?! Porque EU POSSO!!

Uhu pra MIM 😊!!

Por favor, não me ODEIE porque sou rica!!

Então corri para casa e me tranquei no quarto.

Tive que tomar a decisão muito difícil de escolher qual blusa combinaria melhor com o ~~seu~~ MEU diário!!

EU, TENTANDO DECIDIR QUAL BLUSA FABULOSA COMBINA MELHOR COM O ~~SEU~~ MEU DIÁRIO!

Mas a última coisa de que eu precisava era que uma garota LOUCA me visse com o DIÁRIO

DELA no colégio e me acusasse de ter ROUBADO o tal diário!

Claro que a princípio ninguém acreditaria nela, devido à minha fama de muito gentil e honesta.

Mas, se ela contasse ao diretor Winston, havia uma chance de ser PEGA NO FLAGRA com ele na minha bolsa.

E isso significaria uma suspensão automática do colégio!!

E se eu fosse forçada a frequentar uma escola PÚBLICA?! Como aquelas que vejo na tevê?

QUE NOOOJO ☹!!

Este diário valeria TUDO isso?!

Eu me observei atenta e longamente no espelho e então decidi fazer a ÚNICA coisa que tinha sentido.

EU, MUITO ESPERTA, ENCAPANDO O DIÁRIO COM TECIDO PARA QUE NINGUÉM O RECONHEÇA!!

Sim! Eu sei! Sou uma GÊNIA LINDA ☺!!

Demorei DUAS horas inteiras para encapar o diário com o tecido de estampa de oncinha da minha blusa de marca nova.

E, quando finalmente terminei, fiquei totalmente embasbacada ao ver como estava FANTÁSTICO.

A experiência toda foi tão empolgante e inspiradora que comecei a ~~suar~~ BRILHAR!

Foi quando voltei apressada para o shopping (ainda bem que ainda não estava fechado!) e comprei outra blusa de marca, uma calça de couro preta, botas e óculos escuros.

Porque amanhã pretendo exibir o ~~seu~~ MEU novo diário a TODOS no colégio!

UHU PRA MIM!! ☺!

Bom, embora o seu diário só tenha anotações de nove dias de abril, uma coisa está bem clara, Nikki...

VOCÊ É
DOENTE. DA. CABEÇA!!!!

Sério, não acredito que gastei horas da minha vida lendo todo esse lixo meloso e mentiroso.

Tudo que você escreveu era tipo: "A Mackenzie fez ISSO comigo!" e "A Mackenzie fez AQUILO comigo!", como se eu fosse a anormal!

Fala sério! #seligagarota!

Você está VIAJANDO se acha que é a vítima aqui!

Apenas encare a realidade.

Você MORRE DE INVEJA de mim desde o primeiro dia e está OBCECADA tentando ARRUINAR a minha vida!

O Brandon e eu já estaríamos namorando se você não tivesse feito o garoto sentir PENA de você, com toda essa história de "BONITINHA E TONTA".

Você é MAIS que malévola, Nikki Maxwell!

E você MENTE tanto que deveria pensar seriamente em começar uma carreira na política!

Eu acho que VOCÊ precisa do meu terapeuta, o dr. Hadley, MUITO mais do que eu!

Sei que todas as coisas que estou dizendo podem parecer frias, cruéis e maldosas. Mas só estou sendo totalmente SINCERA com você, Nikki.

Sinto muito por NÃO sentir muito ☺!!

TCHAUZINHO!

MacKenzie ♡

SEGUNDA-FEIRA, 14 DE ABRIL

Querida Nikki,

Hoje foi um dia superEMPOLGANTE para mim!

Como foi o SEU dia, queridinha? NÃO muito bom? Foi o que pensei!

Principalmente depois que vi você CHORAMINGANDO pelo colégio feito uma cachorrinha triste, com as ridículas das suas melhores amigas, a Chloe e a Zoey, atrás. Vocês pareciam muito preocupadas, procurando alguma coisa.

Eu me pergunto o que será...

Mas chega de falar sobre VOCÊ! Vamos falar sobre MIM ☺!!

Você não simplesmente AMOU a roupa nova de marca que usei no colégio hoje?

Combinou certinho com o ~~seu~~ MEU diário!!

126

EU, ARRASANDO COM A MINHA ROUPA NOVA E O DIÁRIO COMBINANDO!!

Acho que a minha nova capa de oncinha é dez vezes melhor que aquela capa jeans esfarrapada que VOCÊ usava.

E aquele bolsinho fofo era TÃO imaturo!

Bom, Nikki, quando você e as suas amigas foram até o seu armário, eu estava a poucos centímetros de vocês, escrevendo no ~~seu~~ MEU diário!

Ai, MEU DEUS! Foi SURREAL!

Mas, como sou uma pessoa muito bondosa e você obviamente estava supertriste, perguntei se tinha acontecido alguma coisa.

"Com licença, Nikki, mas POR QUE você está espalhando todo o seu LIXO no corredor? Aqui NÃO é o seu quarto! Qual é o seu PROBLEMA?!", perguntei de um jeito muito doce.

"Desculpa, Mackenzie. Vamos recolher minhas coisas logo", você disse, revirando os olhinhos tristes para mim. "Mas, no momento, estamos ocupadas procurando algo bem importante, tá?"

EU, OBSERVANDO VOCÊ PROCURAR DESESPERADAMENTE O SEU DIÁRIO!!

"É mesmo? Talvez eu possa ajudar a encontrar. O que você perdeu, Nikki?", perguntei, tentando ao máximo ser útil.

E foi quando você, a Chloe e a Zoey se entreolharam com nervosismo e começaram a cochichar.

"Então agora é um grande segredo?", perguntei, ficando meio impaciente. "Bom... O QUE você perdeu?!"

E aí as três responderam, exatamente no mesmo instante...

"A lição de casa!", disse a Zoey.

"Uma blusa!", falou a Chloe.

"O celular!", você disse.

"Esperem um pouco!", exclamei, totalmente confusa. "O QUE exatamente você perdeu?!"

"Uma blusa!", a Zoey falou.

"O celular!", disse a Chloe.

"A lição de casa!", você soltou.

Vocês obviamente estavam MENTINDO para mim, mas levei a farsa adiante.

"Então você perdeu a lição de casa, uma blusa E o celular?", perguntei, desconfiada.

A Chloe e a Zoey responderam "Não!", ao mesmo tempo em que você respondeu "Sim!".

Depois a Chloe e a Zoey mudaram a resposta DELAS para "Sim!", ao mesmo tempo em que você mudou a SUA para "NÃO!".

E olha só! Em seguida vocês trocaram olhares maliciosos e começaram a cochichar outra vez. Mas eu continuei no jogo.

"Escutem, suas idiotas!", falei, impaciente. "Eu pretendia me oferecer para ajudar a ENCONTRAR o que quer que vocês tenham perdido! Mas, como obviamente vocês não sabem O QUE estão procurando, não vou me dar o trabalho!"

"MacKenzie, obrigada. Mas, por favor, cuide da SUA vida!", a Chloe disse, empinando o nariz.

"Sim, nós VAMOS RESOLVER!", a Zoey acrescentou, olhando feio para mim.

Desculpa, mas não aguentei mais.

"Ótimo! Então vou cuidar da MINHA vida! Só espero que você não tenha perdido seu diário idiota, Nikki! Porque, se cair nas mãos erradas, todos os seus segredinhos SUJOS serão conhecidos, e o colégio todo vai saber a FARSA que você é! Principalmente o Brandon!"

Ai, meu Deus, Nikki! Quando eu disse a palavra que começa com "D", DIÁRIO, você ficou parecendo um fantasma! Queria que você tivesse visto a sua cara! Foi IMPAGÁVEL!!

Vocês três ficaram me encarando, totalmente chocadas e boquiabertas.

Senti vontade de pegar meu celular e tirar uma foto de vocês.

E então postar com a hashtag:
#VocesNaoFazemIdeiaDeComoEstaoRidiculasAgora.

Enfim, você e as suas melhores amigas REVIRARAM o seu armário!

Mas MESMO ASSIM não encontraram o diário, não é?!

COITADINHA ☺!!

Bom, é melhor eu ir para a aula!

Perdi totalmente a noção do tempo, e o sinal acabou de tocar.

Tenho que admitir, essa história de diário está começando a ficar viciante!

TCHAUZINHO!

MacKenzie

TERÇA-FEIRA, 15 DE ABRIL

Querida Nikki,

Estou tendo um dia HORRÍVEL hoje!! E é tudo culpa SUA ☹!!

Na hora do almoço, fiquei totalmente dividida entre a salada de tofu e o hambúrguer de tofu, já que cuido muito bem da minha dieta.

Por fim, decidi pegar a salada de tofu teriyaki com molho de gengibre e mel e uma garrafa de água mineral. POR QUÊ? Porque tinha uma mosca enorme sobrevoando o hambúrguer de tofu. QUE NOOOJO ☹!

Aí, quando eu ia me sentar à mesa das GDPs, vi todos os meus amigos rindo histericamente do vídeo de uma garota idiota tendo um chilique porque havia um inseto no cabelo dela.

Eu ia assistir e rir também. Até perceber que ELA era EU!!

EU, CHOCADA PORQUE MEUS AMIGOS ESTÃO RINDO DE MIM!

De repente, meu estômago começou a ficar muito EMBRULHADO. Não por causa do vídeo, mas porque me lembrei daquela mosca sobrevoando o hambúrguer de tofu que quase comi! ECA ☹!

Eu NÃO podia acreditar que meus amigos eram capazes de me apunhalar pelas costas daquele jeito. Até mesmo a minha melhor amiga, a Jessica.

Eu nunca me senti tão totalmente HUMILHADA na minha VIDA INTEIRA! Minha reputação nesse colégio está ARRUINADA!

Estou tão transtornada agora que poderia...
GRITAAAAAR!! 😠!

Então, Nikki, você gostaria de saber por que eu te ODEIO tanto?!

NÃO, você NÃO quer saber?! Bom, srta. Espertinha, vou contar MESMO ASSIM!! Então simplesmente aceita que dói menos! Aqui vai a minha lista! A CURTA!!

10 MOTIVOS PELOS QUAIS EU ODEIO VOCÊ!!

1. Você TRAPACEOU para VENCER a competição de arte de vanguarda!!

2. Você ARRUINOU totalmente a minha festa de aniversário SABOTANDO a fonte de chocolate!!

3. Você competiu naquele SHOW DE TALENTOS e conseguiu um CONTRATO PARA GRAVAR UM CD, apesar de sua inscrição estar INCOMPLETA (tipo, QUEM dá à banda o nome de Na Verdade, Ainda Não Sei?)!!

4. Você GANHOU o *Holiday on Ice*, e TODO MUNDO sabe que você NÃO SABE patinar no gelo!

5. Você jogou PAPEL HIGIÊNICO na minha casa!!!!

6. Você me fez REVIRAR uma LATA cheia de LIXO com o meu vestido de marca no Baile do Amor!

7. Você BEIJOU o meu FN (futuro namorado), o BRANDON!!

8. Você fingiu estar gravemente FERIDA durante a partida de queimada para que eu fosse SUSPENSA (o que, aliás, pode ACABAR com as minhas chances de entrar em uma universidade importante)!

9. Você colocou um INSETO FEDORENTO no meu cabelo!!

E a COISA HORROROSA que descobri HOJE...

10. Você ARRUINOU totalmente a minha reputação e me HUMILHOU, porque agora o colégio INTEIRO está repassando aquele vídeo TERRÍVEL em que tenho um chilique por causa do inseto que VOCÊ colocou no meu cabelo.

NÃO estou, de jeito nenhum, inventando essas coisas!!

É bem óbvio que você está tentando DESTRUIR completamente a minha vida!!

As coisas ficaram TÃO ruins neste colégio que UMA de nós tem que IR EMBORA!

É VOCÊ...

Ou... EU!!

E, se o diretor Winston não CHUTAR você para fora deste colégio por ACABAR COM A MINHA VIDA...

VOU ME TRANSFERIR PARA OUTRO COLÉGIO!!!!

Estou falando sério!! Estou POR AQUI com você, Nikki Maxwell. Você NÃO vai escapar dessa.

Admita!

Se VOCÊ fosse EU, também se ODIARIA ☹!

TCHAUZINHO!!

MacKenzie ♥

QUARTA-FEIRA, 16 DE ABRIL

Querida Nikki,

Estou tão transtornada agora que poderia...
GRITAAAAAR!! ☹️!

O colégio INTEIRO viu aquele vídeo! E agora todo mundo está rindo de mim pelas costas.

As GDPs estão rindo.

Os GDPs estão gargalhando.

As líderes de torcida estão comentando.

O time de futebol está espalhando.

Os cozinheiros do refeitório estão se divertindo.

Odeio admitir, Nikki! Mas, no momento, sou uma PIADA ainda maior do que VOCÊ nesta escola!

Fiquei muito chocada ao ver você e suas melhores amigas no colégio hoje. Pensei que estivessem em Nova York com seus autores preferidos, celebrando a Semana Nacional da Biblioteca!

De acordo com as últimas fofocas, você e suas amigas decidiram no último minuto dar a viagem para a Marcy, a Violet e a Jenny, para que vocês pudessem trabalhar no evento de arrecadação de livros para a biblioteca do colégio.

Sinto muito! Mas eu não acredito nessa desculpa ESFARRAPADA nem por um minuto!

A VERDADE é que, em vez de aproveitar os locais e os sons da cidade mais FABULOSA do mundo, VOCÊ decidiu ficar no colégio, choramingando, deprimida e inconformada, vasculhando as lixeiras, espiando dentro dos banheiros, procurando em todos os cantos, em uma tentativa desesperada de encontrar o seu DIARIOZINHO precioso!

AI, MEU DEUS! Senti TANTA pena de você que QUASE derramei uma lágrima. Até lembrar que meu rímel pode borrar, e que ter lágrimas negras escorrendo pelo meu rosto normalmente perfeito não seria muito FOFO.

Infelizmente, Nikki, você NÃO vai encontrar seu diário muito em breve. POR QUÊ? Porque estou bem do seu lado na sala de aula, ESCREVENDO nele!

Tipo, não é IRÔNICO ☺?!

E, como você é parcialmente responsável pelo dia PODRE e HORROROSO que estou vivendo, pensei que seria justo fazer algo especial para que VOCÊ se sinta da mesma maneira.

Foi por isso que dei um tapinha no seu ombro e sussurrei: "Nikki, vi um livro superparecido com o seu diário na biblioteca! Acho que estava em uma das estantes. Ou perto de uma pilha de livros!"

VOCÊ E SUAS MELHORES AMIGAS, PROCURANDO SEU DIÁRIO NA BIBLIOTECA!

E, sim, eu sei que enganar você e deixá-la passar um tempão procurando seu diário em vão na biblioteca foi uma pegadinha cruel e sem coração.

Mas preciso lembrar todas as coisas SOMBRIAS que você fez para ME humilhar?!!

Para começar, você TRAPACEOU para ganhar a competição de arte de vanguarda. Você sem dúvida é uma artista: uma impostora ☹!

Aquelas tatuagens horrorosas que você desenhou não são o que EU chamaria de arte.

Todo mundo sabe que eu deveria ter ganhado o primeiro lugar!

Minha participação brilhante poderia ter mudado o mundo da moda.

Meu conceito inovador teria permitido que VOCÊ e outros CAFONAS, que não entendem de moda, passassem por TRANSFORMAÇÕES INSTANTÂNEAS!!

Meus modelitos são PERFEITOS para a garota bonita e moderna vítima de PEGADINHAS cruéis que a fazem ESCAVAR uma lixeira NOJENTA atrás de uma joia que não existe durante o Baile do Amor!

Uma garota como EU ☹!!!

E, se ela estiver cheirando a lixo velho e tiver uma casca de banana pegajosa e podre grudada no rosto, ELA e seu look podem ser facilmente lavados com sabão e enxaguados com água da mangueira em seu quintal!

Eu poderia ter ganhado MILHÕES com essa ideia e me tornado uma das estilistas mais famosas do mundo! Mas isso não aconteceu! E é tudo culpa SUA, Nikki ☹!!

De qualquer modo, eu notei que você e o Brandon mal se falam, agora que você está totalmente obcecada por encontrar seu diário perdido.

Deve ser devastador ver sua bela amizade com ele acabar e MORRER como um caramujo pegajoso em uma calçada quente.

Não é à toa que você parece tão triste e deprimida.

Meras palavras não conseguem expressar as emoções intensas que estou sentindo agora.

Exceto, talvez...
UHU PRA MIM ☺!!

Sinto muito por NÃO sentir muito!

Mas, por favor, não fique frustrada demais por não encontrar o seu diário. Tenho um monte de ideias ótimas de onde você pode procurá-lo.

TCHAUZINHO!

MacKenzie

QUINTA-FEIRA, 17 DE ABRIL

Querida Nikki,

Ótimas notícias!

Finalmente encontrei o colégio PERFEITO!

Tudo o que preciso fazer agora é convencer meus pais a fazerem minha transferência!

Não acredito que esta pode ser minha última semana nessa escola HORROROSA!

UHU PRA MIM ☺!!

A Academia Internacional Colinas de North Hampton é um dos colégios particulares de maior prestígio no país!

E fica a apenas vinte e sete minutos da minha casa. Ou dez minutos, se meu pai me deixar usar nosso helicóptero.

Em vez de esportes que nos fazem suar e feder, como futebol e basquete, o colégio oferece práticas esportivas MUITO chiques, como iatismo, hipismo, esgrima e polo.

E a maioria dos alunos viaja para o exterior todos os anos. Por favor, não fique com inveja, mas provavelmente passarei o verão em PARIS ☺!

UHU PRA MIM ☺!!

E, como vou ter muitos novos amigos legais, mal posso esperar para fazer uma superfesta de aniversário no country club e convidar todos eles.

Ainda bem que VOCÊ não vai estar por perto para SABOTAR a minha festa, como da última vez!!

Eu fui a primeira pessoa do colégio a convidar uma MUTANTE DO ESGOTO como você para uma festa!

E como você retribuiu a minha generosidade ☹?!!

Quase consigo perdoar você por ter devorado todos os *hors d'oeuvres*, ou aperitivos, como um animal faminto.

Sei que você ama salgadinhos porque eles preenchem o vazio da sua vidinha miserável.

Mas o *coup de grâce*, ou a gota-d'água, foi aquela palhaçada com a fonte de chocolate.

Sei que houve um boato horroroso no colégio de que a minha ex-melhor amiga, a Jessica, derrubou seu prato de frutas de propósito dentro da fonte e espalhou chocolate no seu vestido de festa novo por pura MALDADE!

Mas isso NÃO é verdade!

A Jessica chegou a ponto de JURAR COM O DEDO MINDINHO que viu o SEU vestido ficar todo sujo enquanto VOCÊ estava jogando secretamente LIXO na fonte para sabotá-la e impedi-la de funcionar direito!!

VOCÊ, NA MINHA FESTA, JOGANDO LIXO NA FONTE DE CHOCOLATE!!

POR QUÊ? Porque você estava com uma inveja louca por eu estar muito mais linda, com o meu vestido Dior, do que você em seu vestido de TRAPO reciclado.

Mas, Nikki, COMO você pôde ser tão CRUEL a ponto de me ENCHARCAR de chocolate enquanto eu tirava uma foto para a COLUNA SOCIAL?

EU, SURTANDO PORQUE VOCÊ ARRUINOU A MINHA FESTA DE ANIVERSÁRIO!!

Tinha tanto chocolate em mim que me senti uma trufa com PERNAS!

Então todo mundo começou a RIR e a tirar FOTOS minhas com o celular!

Foi HORRÍVEL!! Pela primeira vez, eu QUASE me tornei tão NADA POPULAR quanto VOCÊ!

Fiquei tão FURIOSA que queria...
GRITAAAAAAR!!! 😠!!

Você teve sorte de sair da minha festa na hora certa!! Do contrário, você saberia o que "morrer por chocolate" realmente significa 🙁!

Agora posso fazer uma pergunta pessoal sobre algo que você escreveu no seu diário?

Por que diabos você escreveu um NOME DE USUÁRIO e uma SENHA no DIÁRIO?! Você tem noção de que um indivíduo muito emocionalmente perturbado poderia roubar o seu diário, ler e encontrar informações altamente confidenciais na página?

E, se a pessoa for bem ABILOLADA, ela poderia invadir a coluna de conselhos da srta. Sabichona, que você escreve SECRETAMENTE para o jornal do colégio (de acordo com o seu diário)! E criar um CAOS GIGANTESCO em todo o corpo estudantil! Com alguns cliques, o seu mundo poderia ser totalmente destruído!!

Então VOCÊ seria acusada de bullying virtual, expulsa do colégio e...

ESPERE!!! UM!!! MINUTO!!! NÃO! Isso NÃO PODE SER REAL!!!!!!!

VOCÊ é a verdadeira srta. Sabichona??!!

E ESSA é a sua SENHA de verdade???!!!

AI, MEU DEUS!! NÃO CONSIGO NEM...!!

EU, NO SITE DA SRTA. SABICHONA, SECRETAMENTE ME OFERECENDO PARA AJUDAR COM A SUA COLUNA DE CONSELHOS!!

De qualquer forma, você deveria se sentir grata por eu ter ALERTADO você de que algum PSICOPATA poderia roubar seu nome de usuário e sua senha, entrar no site da srta. Sabichona e INSTAURAR O CAOS entre todos os alunos.

Você tem muita SORTE porque EU, MACKENZIE HOLLISTER, me deparei com essa informação.

E NÃO uma RAINHA DO DRAMA insana, vingativa e ladra de diário!

TCHAUZINHO!

Mackenzie

SEXTA-FEIRA, 18 DE ABRIL

Querida Nikki,

BOCEJO!

Estou muito cansada hoje! Quer saber o porquê, queridinha?!

Porque passei metade da noite acordada respondendo as cartas dos FRACASSADOS que escrevem para a coluna de conselhos da srta. Sabichona.

Devo admitir, fiquei meio surpresa com o que li. Eu não fazia ideia de que os alunos desse colégio tinham vidas tão RIDÍCULAS!

De qualquer modo, estou superanimada porque na segunda-feira, dia 28 de abril, tenho uma grande SURPRESA para você ☺!!

E, quando o diretor Winston ler a coluna da srta. Sabichona que eu secretamente ajudei você a escrever, ele vai ficar FURIOSO!!

Você vai ser SUSPENSA por BULLYING VIRTUAL, tão rápido que vai até perder o rumo!

Bom, aqui estão cópias das minhas duas cartas preferidas e dos conselhos que dei:

* * * * * * * * * * * * * *

Cara srta. Sabichona,

Eu me esforcei muito para participar da equipe de líderes de torcida do oitavo ano, mas as outras líderes me tratam como se eu não fizesse parte do time. Nunca consigo pular ou dançar tanto quanto elas.

O único momento em que a capitã da equipe precisa de mim é quando fazemos a pirâmide humana, e ela sempre me coloca embaixo! Tenho que aguentar um monte de gente nas minhas costas, o que é totalmente exaustivo, e, se eu perco o equilíbrio, a pirâmide toda desaba e todo mundo me enche por isso!

Estou cansada de ser literalmente pisada por aquelas garotas! Não sei o que fiz para merecer esse tipo de tratamento, mas está bem claro que elas me odeiam. ☹!

Estou muito frustrada! Não sei se devo sair da equipe, confrontar minhas colegas ou se apenas fico quieta para não piorar as coisas. Não quero desistir do meu sonho de participar da equipe principal! O que você faria?

— *Líder de Torcida Chateada*

* * * * * * * * * * * * * * *

Cara Líder de Torcida Chateada,

Queridinha... Eu acho que você está se enganando se acha que entrou para a equipe de líderes de torcida graças a seus movimentos incríveis. Uma fonte segura da equipe me contou que seu desempenho é HOR-RO-RO-SO. Ela disse que nunca sabe se você está tentando dançar ou tendo convulsões!

Suas cambalhotas são PÉSSIMAS, seus passos ARRASTADOS, e sua finalização, de DAR DÓ! Entendeu?

Você foi escolhida por um único motivo: por parecer uma ogra robusta capaz de carregar bastante peso! É uma tradição antiga as capitãs escolherem garotas fortes e feias para a base da pirâmide. Você não sabia disso??

Pare de levar tudo para o lado pessoal! Apenas aceite que seu lugar é embaixo, fofinha! Você devia erguer sua cabeça verde de Shrek por ter sido escolhida para alguma coisa. Aposto que isso não acontece com frequência. Uhu pra você!

Atenciosamente,
Srta. Sabichona

PS: Minha fonte quer que você pare de dançar. Ela disse que você está causando PESADELOS na equipe!

* * * * * * * * * * * * *

AI, MEU DEUS! Minha carta foi tão MALDOSA!! AI!! 😊!!

Agora, essa segunda carta tocou meu coração. Foi difícil ser cruel com esse coitado, porque ele me pareceu verdadeiramente desesperado.

Eu senti tanta pena dele que acabei enviando meu conselho ontem à noite, por e-mail.

* * * * * * * * * * * * * *

Cara srta. Sabichona,

Tenho uma amiga que é esperta, engraçada e gentil.

Mas ultimamente não temos nos dado muito bem, e é tudo culpa MINHA. Por causa de um boato idiota no colégio e por eu não contar muito a ela sobre minha vida pessoal, ela não confia em mim. E não a culpo por isso.

Sempre que tento falar com ela na sala de aula, ela parece triste e meio distraída, como se algo a estivesse perturbando. Estou começando a ficar preocupado com ela, e sinto falta da nossa amizade.

O que posso fazer para consertar as coisas?

— *Baita Amigo Ruim*

* * * * * * * * * * * * * * *

Caro Baita Amigo Ruim,

Parece que você ferrou com tudo, cara!

Pelo modo como ela está agindo, pode ser que seja tarde demais para salvar essa relação. Parece que ela quer você como desejaria uma tigela de mingau de aveia podre, preparado há uma semana.

Você precisa dizer que se importa com ela o mais rápido possível! Mas NÃO com um e-mail ou uma mensagem rápida e impessoal.

Como obviamente ela não se sente à vontade para conversar com você, não force a barra. Sugiro que escreva uma carta com um pedido de desculpas e a cole na porta do armário dela antes da aula, para poder ver a reação de sua amiga. Além disso, convide-a para encontrá-lo depois da aula em algum lugar interessante, para que possam conversar. Dica: A maioria das garotas ADORA a CupCakery!

Se ela aparecer, é porque se importa com você, e você poderá se considerar sortudo, pois tem uma amizade muito especial! Owwnnn 😊!!!

Mas, se sua amiga não aparecer, significa que ela ainda está bem brava e possivelmente nunca se importou de verdade com você. Se isso acontecer, meu conselho é que tente esquecê-la e siga em frente.

Porque, cara, há muitas sereias no mar! Inclusive EU 😊!

Atenciosamente,
Srta. Sabichona

* * * * * * * * * * * * *

AI, MEU DEUS! Nikki, VOCÊ está pensando o que EU estou pensando?!

É muito possível que essa carta seja do SEU paquera, o Brandon! UHU PRA VOCÊ ☺!!

E, se for, admito que estou com um pouco de inveja, porque o Brandon escreveu a respeito de você e não de MIM para a srta. Sabichona!

Infelizmente, ele parece se importar de verdade com você, apesar de você ser um FRACASSO TOTAL!

Mas às vezes a vida NÃO é justa, e as pessoas recebem coisas que NÃO merecem!

A maioria dos alunos se esforça para ser bem-sucedida.

E alguns são naturalmente talentosos, como... EU!

E há pessoas que chegam ao topo TRAPACEANDO, como... VOCÊ!

Sim! AINDA estou traumatizada com aquele show de talentos!

Meu grupo de dança, Maníacas da Mac, VENCEU devido às minhas habilidades insanas, ao meu estilo inovador e à minha coreografia fenomenal!

Nós ARRASAMOS!

A sua banda IDIOTA, Na Verdade, Ainda Não Sei, foi uma grande PIADA!

Sério, Nikki, você canta como um gato miando por causa de uma diarreia grave!

Mas, apesar de eu ter acabado com você no palco, foi VOCÊ quem se tornou celebridade local, princesa pop e estrela do seu PRÓPRIO reality show na TV!

COMO É QUE É?!! Como foi que ISSO aconteceu?!!

Você definitivamente NÃO é bonita o suficiente para contar apenas com a aparência, como a maioria das estrelas pop que cantam mal hoje em dia.

Mas eu sei qual é o seu segredinho!

Você é uma GRANDE MANIPULADORA!

Você faz LAVAGEM CEREBRAL nas pessoas, para fazer com que elas deem o que você quer!

Ou faz com que sintam tanta PENA de você que ficam tomadas de CULPA e, desse modo, dão o que você quer.

Então aproveite seus quinze minutos de fama enquanto pode, sua IMPOSTORA MENTIROSA E SEM TALENTO!

Uma coisa é certa... você NUNCA vai ser convidada para participar do PRÊMIO GRAMMY!

A menos que seja para EXTERMINAR as MOSCAS, PULGAS E PIOLHOS daqueles astros do rock decadentes que não tomam banho há dois anos!!

VOCÊ, DEDETIZANDO ASTROS DO ROCK NO GRAMMY!

Só de pensar nisso tudo, fico tão brava que poderia simplesmente...

GRITAAAAAR! ☹!!

Mas não vou ficar BRAVA!

Vou me VINGAR! ☺!!

Ajudando VOCÊ com a sua coluna da srta. Sabichona!

E, para mostrar que estou fazendo um ótimo trabalho, todos os dias exibirei aqui algumas das minhas cartas preferidas e superMALDOSAS!

TCHAUZINHO!

♡ MacKenzie ♡

SÁBADO, 19 DE ABRIL

Querida Nikki,

Ai, MEU DEUS! Ontem eu pensei que IA EXPLODIR de tanta animação! Você NÃO vai acreditar no que aconteceu!

Não, não fui ao shopping comprar um guarda-roupa completo para substituir aquelas roupas bregas que você comprou na promoção do supermercado.

Não MINTA para mim, Nikki!! Eu juro que vi a SUA CALÇA JEANS ao lado das fraldas geriátricas quando passei por lá para comprar mais gloss labial!

Tudo bem, lembra daquela carta de conselhos que escrevi e mandei para o BAITA AMIGO RUIM?

Bom, Nikki, adivinha o que eu vi grudado no seu armário um pouco antes da aula de biologia? E adivinha DE QUEM ERA?!

EU, ADMIRANDO A CARTA QUE O BRANDON DEIXOU PARA VOCÊ!!

Certo, eu admito que me deixa ~~um pouco irritada~~ MUITO FURIOSA o fato de o Brandon parecer gostar tanto de você.

Mas não dá para me julgar!

Era para ele ser MEU namorado!!

E sim! Fiquei completamente ARRASADA quando vi o Brandon beijar você naquele evento de caridade!

Mas depois tive uma epifania e compreendi por que ele fez isso.

O Brandon é uma pessoa gentil, solidária e boazinha.

E é provavelmente por isso que ele ME IGNORA totalmente e fica com todas aquelas bolinhas de pelos irritantes e pulguentas da Amigos Peludos, todos os dias depois do colégio!

Ele também é muito legal, superfofo e extremamente maduro para a idade.

Tipo, quantos caras literalmente SE FORÇARIAM a beijar UMA CARA DE ASNO como você para salvar as crianças carentes do mundo?!

BRANDON, BEIJANDO SUA CARA DE ASNO SÓ PARA SALVAR AS CRIANÇAS CARENTES DO MUNDO!!!

Então eu ~~espalhei~~ OUVI o boato maldoso de que o Brandon beijou você por causa de uma APOSTA, para ganhar uma pizza da Queijinho Derretido!

Por isso, Nikki, espero que você compreenda que esse beijo não significou nada. O Brandon e eu fomos feitos um para o outro! Só que ele ainda não sabe.

E, apesar de você não merecer, planejo te convidar para o NOSSO casamento, daqui a dez anos!

O Brandon e eu ficaríamos MUITO felizes se você concordasse em ser uma convidada especial e participasse da nossa cerimônia.

AI, MEU DEUS! Vai ser TÃO romântico quando soltarmos cem pombas como símbolo do nosso amor, que atinge as alturas no céu infinito!

E, Nikki, vamos precisar de VOCÊ na linha de frente no dia mais especial da nossa vida...

... PARA LIMPAR TODO AQUELE COCÔ NOJENTO DE POMBA!!

Sim, Nikki! No dia do meu casamento, eu FINALMENTE vou me vingar de você por ter me feito esfregar aqueles banheiros! Foram os três dias MAIS LONGOS da minha VIDA inteira!

SÉRIO! Aquele lugar foi um PESADELO NOJENTO e cheio de insetos! Havia mais espécies de insetos ali do que na floresta Amazônica!!

Tirei tantos FIOS DE CABELO dos ralos que posso abrir uma fábrica de perucas! E quase vomitei quando encontrei uma bola de cabelos do tamanho de um rato gordo!

Sinto informar, Nikki, que MacKenzie Hollister NÃO FAZ FAXINA!

Por favor, não morra de inveja, mas eu sempre tive uma EMPREGADA limpando a minha sujeira, desde três meses de vida.

Pensei que tudo que eu teria de fazer era espirrar detergente nos vasos, como naqueles comerciais de produtos de limpeza em que as esponjas se mexem sozinhas e fazem todo o trabalho pesado!!

Mas isso NÃO aconteceu!! Eu fiquei TÃO confusa!

Então claro que passei, tipo, duas horas CHORANDO no BALDE até a professora MALVADA de educação física chegar e GRITAR comigo!!

E, quando expliquei que as esponjas e os rodos não ganharam vida para me ajudar, ela disse que aquilo era "papo de doido" e me mandou até a enfermaria, para que dessem uma olhada se eu não tinha aspirado produtos tóxicos!!

Até hoje AINDA consigo sentir cheiro de amônia e aquele "aroma refrescante de limão" nas mãos. E é tudo culpa SUA, Nikki!!

Então, depois de ver a carta que o Brandon deixou no seu armário, fiz o que qualquer pobre garota faria ao sofrer um ataque severo de síndrome do estresse pós-suspensão...

De qualquer modo, enquanto estávamos na sala ouvindo nossa professora de biologia falar e falar sem parar sobre... hum...???

Na verdade, não faço a MENOR ideia do que aquela professora idiota estava dizendo. Não ouvi uma única palavra do que ela falou, porque estava completamente distraída LENDO a carta que o Brandon escreveu para você.

AI, MEU DEUS! Era tão REPUGNANTEMENTE meiga, sincera e cheia de pedidos de desculpas que eu quase vomitei o hambúrguer de tofu que comi no almoço!

Foi muito difícil para mim ficar ali na sala vendo você e o Brandon agirem como dois POMBINHOS APAIXONADOS!

Ele olhava para você o tempo TODO, tentando imaginar se você tinha lido a carta.

Mas, claro, você o IGNOROU totalmente, como se ele fosse um chiclete mascado que alguém tivesse colado embaixo da mesa.

EU, LENDO A CARTA DO BRANDON, ENQUANTO ELE OLHA PARA VOCÊ E VOCÊ O IGNORA TOTALMENTE!!

AI, MEU DEUS! A situação toda me deixou tão IRRITADA e FRUSTRADA que tive vontade de...
GRITAAAAAR!! 😠!!!

Mas é claro que não pude, porque eu levaria advertência DE NOVO! E o diretor Winston teria me forçado a limpar aqueles banheiros nojentos DE NOVO 😞!!

ESPERA UM POUCO! Eu AINDA estou sofrendo da síndrome do estresse pós-suspensão devido à minha ÚLTIMA suspensão, que foi CULPA SUA!

De qualquer modo, Nikki, a boa notícia é que tudo saiu como eu tinha planejado! UHU PRA MIM 😊!!

O Brandon estava tão desesperado para fazer as pazes com você que seguiu todos os conselhos da srta. Sabichona!

E, como você não viu a carta que ele deixou no seu armário...

ELE ESPEROU PACIENTEMENTE POR VOCÊ NA CUPCAKERY POR DUAS HORAS, E VOCÊ NÃO APARECEU!

Quando o Brandon finalmente desistiu e foi embora, parecia totalmente DEPRIMIDO.

Senti MUITA pena do pobre coitado!

Ficou bem claro que ele estava ARRASADO!

Provavelmente porque minha carta de conselhos da srta. Sabichona dizia que, se a amiga dele (VOCÊ!) não se desse o trabalho de aparecer na CupCakery depois de receber a carta, significava...

1. Que ela ainda estava MUITO BRAVA! Ou...

2. Que NUNCA se importou de verdade com ele.

Sim, eu sei! Você NÃO recebeu a carta!!

OPS!! FOI MAL ☺!!

Sinto muito por NÃO sentir muito!

Mas não se preocupe, Nikki.

A mágoa e a raiva que ele está sentindo agora não vão durar para sempre.

E talvez um dia ele perdoe você por arrancar o coração dele, jogá-lo no chão e pisoteá-lo com seus sneakers cor-de-rosa horrorosos.

TCHAUZINHO!

MacKenzie

MINHA CARTA MAIS MALVADA DO DIA NA COLUNA DA SRTA. SABICHONA

Cara srta. Sabichona,

Um garoto popular pode se apaixonar por uma nerd? Gosto muito de um garoto da minha turma de química, mas temos círculos sociais diferentes. Os amigos dele são atletas e líderes de torcida, e os meus amigos e eu fazemos parte do clube de xadrez.

Ele é muito legal e temos alguns interesses em comum. Mas, quando os amigos dele estão por perto, as coisas ficam esquisitas. Eles me perseguem e tentam convencê-lo de que sou uma fracassada. Apesar de ele me defender, tenho medo de que um dia acabe acreditando nos amigos!

Ontem ele me perguntou se eu queria estudar com ele na biblioteca, e eu quase MORRI! Acho que ele gosta de mim como amiga, mas queria saber se também GOSTA de mim MESMO! Quero

acreditar que sim, mas meus amigos duvidam.
Eles dizem que garotos populares não namoram
ninguém de fora de seu círculo social.

Eles estão certos, ou você acha que tenho
chance?

— *Garota Geek*

* * * * * * * * * * * * * * *

Cara Garota Geek,

Você está brincando?? Acorde para a sua vida
medíocre! Ele não está interessado em você, fofa!

Você precisa parar de ler *O senhor dos anéis* e
aprender que realidade e fantasia são coisas
diferentes. O amor não é cego, e garotos
populares e garotas nerds NÃO se misturam! Se
se misturassem, não precisaríamos de panelinhas!
Você consegue imaginar como o mundo seria
terrível sem elas? De quem eu riria?!

Enfim, seus amigos estão certos quando cortam seu barato. Os garotos acham você nojenta! Quanto ao encontro na biblioteca com seu paquera, ele só quer estudar com você para melhorar as notas. Vou falar em "nerdês" para que você entenda: Você está sendo manipulada como uma peça de xadrez! #Xequemate!

Desculpe, mas não há romance em seu futuro. Se você é tão esperta, por que não conseguiu chegar a essa conclusão sozinha?! Tenho coisas melhores a fazer do que perder tempo com essas cartas idiotas! Agora, se me der licença, vou fazer as unhas.

Tchauzinho!
Srta. Sabichona

DOMINGO, 20 DE ABRIL

Querida Nikki,

Estou TÃO empolgada! O papai vai voltar de uma viagem de negócios amanhã à noite.

Então pretendo ~~pedir~~ IMPLORAR aos meus pais que me deixem solicitar transferência para a Academia Internacional Colinas de North Hampton.

Pedi ao Nelson para me levar ao shopping hoje, para comprar meu novo uniforme.

O problema era que eu só tinha 293 dólares, da minha mesada de 500 dólares para roupas ☹!! E eu TAMBÉM precisava comprar uma bolsa, joias e acessórios de cabelo para combinar.

Então, quando a mamãe me deu 100 dólares para cuidar da pirralha da minha irmã, a Amanda, enquanto ela ia a um *brunch* com amigas no country club, decidi NÃO ter o chilique de sempre.

AMANDA E EU, PEGANDO A LIMUSINE PARA IR AO SHOPPING COMPRAR MEU UNIFORME NOVO!

Chegamos ao shopping e pegamos a escada rolante até a enorme e moderna loja de departamentos que vende uniformes escolares.

"Eu amo, amo, amo fazer compras!!", a Amanda gritou. "Vou comprar uma bolsa da Princesa de Pirlimpimpim!"

"Não, você não entendeu, Amanda. VOCÊ não vai fazer compras. EU VOU!", eu a corrigi.

"Mas eu TAMBÉM quero comprar!", disse ela, batendo o pé com raiva. "Ou você vai se ARREPENDER...!"

"Como é que é? O QUE você vai fazer? Xixi nas calças?", perguntei com sarcasmo.

Foi quando de repente a Amanda começou a respirar de um jeito muito ofegante, soluçando e se contorcendo. Eu falei que a minha irmãzinha é a RAINHA das birras infantis?

Conforme aquela voz estridente foi reverberando pelo shopping, todo mundo parou para nos ENCARAR.

AI, MEU DEUS! Fiquei TÃO ENVERGONHADA!!

"Amanda!", eu disse. "Cale a boca antes que chamem o segurança e nos expulsem do shopping!" Mas isso só fez com que ela gritasse MAIS ALTO!

Para minha sorte, eu sabia exatamente como lidar com a PIRRALHA! Agarrei a mão dela e a arrastei pela praça de alimentação, pela Cidade dos Brinquedos e pelo Palácio dos Bichinhos em direção ao Reino dos Doces. Assim que Amanda viu o lugar, parou de gritar e deu um berro de alegria! Ainda bem que ela não se concentra em nada por muito tempo!

"Pode brincar aqui enquanto faço compras, Amanda. Se precisar de mim, estarei na loja ao lado, nos provadores com cortinas cor-de-rosa", falei, apontando para uma distância de uns vinte metros. "E não saia da área dos brinquedos. Vou ficar de olho em você do provador."

"Tá. Tchau!", a Amanda disse e saiu correndo para se unir a um grupo de crianças no escorregador.

Antes que você me julgue por deixar a Amanda na área dos brinquedos, coloque-se no meu lugar.

Como eu poderia me concentrar para encontrar o uniforme e acessórios bonitos com ela gritando a plenos pulmões daquele jeito?

Eu NÃO podia correr o risco de cometer uma gafe de moda, principalmente tendo um colégio novo para impressionar.

De qualquer modo, dentro da loja, descobri um monte de peças novas de verão!

Não consegui resistir e experimentei algumas!

Antes que eu me desse conta, meu provador estava abarrotado de roupas.

Foi difícil parar, porque eu fiquei tão FABULOSA em TODAS as roupas!

"Senhorita... acho que já provou tudo que temos nas seções teen, jovens estilistas, vestidos de festa, roupas de banho e sapatos!", disse a vendedora. "Vai levar algum desses itens hoje?"

"Não, obrigada! Foi só para experimentar!", respondi. "Só preciso do uniforme da Academia Internacional Colinas de North Hampton. Pode guardar todo o resto!"

Não sei qual era o problema da moça, mas ela começou a se contorcer de raiva, do mesmo jeito que a Amanda faz.

"Claro, senhorita", ela disse entredentes. "Vou buscar meu caminhão de mudança e volto em um minuto."

Lembrete: Fazer com que ela seja demitida e processar a loja!

De repente, uma cabeça sem corpo apareceu no meu provador.

Ai, MEU DEUS! Quase me MATOU de susto!

ERA A AMANDA, ENTRANDO DE UM JEITO MUITO MAL-EDUCADO PARA DAR AS DICAS DE MODA QUE NÃO PEDI!!

"SOCORRO!! Um RATO grande e peludo!", gritei e pulei em cima de uma cadeira. "Ah! É só você, Amanda. Desculpa."

"Bom, EU sinto muito se VOCÊ parece um PORCO de gloss usando um uniforme de escola!", ela riu.

"Por que você não volta para os brinquedos e acidentalmente cai do escorregador?", perguntei, jogando uma meia nela.

"Vim buscar um lenço porque meu nariz está escorrendo", disse ela. "Preciso pegar um na sua bolsa, tá bom?"

"Vá em frente. Mas, por favor, pare de me PERTURBAR!", respondi. "TODO esse estresse está me dando rugas prematuras!" Olhei meu rosto no espelho. "Alarme falso. AINDA estou linda!"

A Amanda pegou minha bolsa e a virou de cabeça para baixo, espalhando todas as minhas coisas no chão. "Isso é sério?! O QUE você está fazendo?!", gritei.

Ignorei a pirralha e voltei a admirar meu novo uniforme no espelho. Não havia dúvida! Eu estava ARRASANDO!

"Obrigada, MacKenzie!", Amanda abriu um grande sorriso quando me abraçou. "Você é a MELHOR irmã mais velha do MUNDO! EU TE AMO! Divirta-se! Tchau."

Isso foi meio esquisito. A Amanda parecia REALMENTE grata por ter pegado um lenço.

Encontrei uma bolsa de couro xadrez que combinava PERFEITAMENTE com a minha saia! Também consegui os enfeites e acessórios de cabelo mais lindos! A melhor parte era que tudo estava em promoção.

UHU PRA MIM ☺!!

A moça do caixa foi supersimpática. "Minha sobrinha e meu sobrinho estudam na Academia Internacional Colinas de North Hampton. Você vai AMAR aquele lugar!", ela disse depois que eu expliquei que estava me transferindo de colégio.

Ela embrulhou todos os meus itens em papel, colocou-os em uma sacola de compras enorme e então a entregou a mim.

"Certo, senhorita! O total hoje é de 357 dólares. Dinheiro ou cartão?"

"Dinheiro, por favor", eu disse enquanto vasculhava a bolsa para pegar minha carteira. Mas, por algum motivo, não consegui encontrá-la. Dei uma risadinha nervosa para a atendente e coloquei a bolsa sobre o balcão. Então, cuidadosamente, olhei dentro dela de novo. Nada de carteira.

Em pânico, eu a virei de cabeça para baixo e espalhei o conteúdo. Estava tudo ali, menos minha carteira. "AI, MEU DEUS!", gritei finalmente. "Não consigo encontrar minha carteira!"

A moça me lançou um olhar desconfiado e pegou a sacola das minhas mãos, como se eu fosse roubá-la ou alguma coisa assim.

"Vou guardar ISTO até você encontrar sua... humm... carteira perdida, ou o que for", ela disse.

"Como é que é? Sério! Meu PAI poderia comprar uma FÁBRICA DE UNIFORMES para mim se eu quisesse!", disparei.

Ela me olhou furiosa. "Bem, não sei como seu pai pode comprar uma fábrica se não pode pagar nem 357 dólares pelos itens que você estava tentando tirar da loja. Estou pensando em chamar o SEGURANÇA!"

Lembrete: Fazer ESSA moça ser demitida com a outra. E então processar a loja!

"Hum, talvez tenha caído no provador", murmurei enquanto começava a jogar as coisas dentro da bolsa de novo.

Quando peguei um lenço molhado, frio e USADO, eu me encolhi. "QUE NOOOJO!! Como isso veio parar na minha..."

"AH. NÃO. ELA. NÃO. FEZ. ISSO!", gritei enquanto corria para fora da loja. "AMANDAAAA!!!"

203

Minha irmã estava sentada dentro da torre do castelo com um sorriso presunçoso.

"Amanda!!", gritei. "Traga esse seu traseiro aqui agora! JÁ!"

Enquanto ela descia lentamente, percebi que estava carregando uma bolsa grande.

"Devolva a minha carteira!", falei.

Ela abriu um bolso da sacola nova, pegou minha carteira e a jogou para mim.

"Se você não fosse minha irmã, eu faria com que fosse presa! E onde conseguiu dinheiro para isso? É melhor me dizer que quebrou seu cofrinho. De novo!"

A Amanda cruzou os braços e me encarou.

Abri minha carteira e olhei para ela em choque. Só restaram três dólares!

"AI, MEU DEUS! Amanda, não acredito que você ROUBOU minha carteira e GASTOU todo o meu dinheiro!! Sua pequena... LADRA!!"

"Eu peguei emprestado! Vou devolver no meu próximo aniversário, quando as pessoas me derem muito dinheiro." Ela deu de ombros. "E sempre posso ganhar uns trocados vendendo minha coleção de Barbies no eBay! De novo!"

"Seu aniversário é daqui a dez meses!", gritei. "Preciso pagar o uniforme HOJE!"

"Mas, MacKenzie, dá só uma olhada na minha bolsa fabulosa!", ela disse, apontando. "E aí? Você adorou ou AMOOOU?!"

"Apesar de eu admirar seu gosto sofisticado por bolsas italianas falsificadas, que obviamente herdou de mim, você está bem ENCRENCADA!", resmunguei. "Aqui está a minha carteira! Você vai devolver a sua bolsa, pedir o dinheiro de volta e me ressarcir. Ou eu conto para o papai o que você fez e ele vai te deixar de castigo até dez anos! Está me entendendo?!"

"Iih!"

Franzi o cenho para ela. "O QUÊ?! Isso foi um sim?"

"Não! Hum... Quer dizer... sim!", a Amanda gaguejou.

"IIH! IIH!"

Estreitei os olhos para ela.

"Na verdade, às vezes eu faço sons esquisitos quando estou nervosa", ela explicou. "'Iih' quer dizer 'sim'. Então, iih, eu entendo!"

"IIH-IIH! IIH!"

Ouvi de novo. Só que dessa vez eu sabia que não era ela. Parecia estar vindo daquela bolsa nova.

"Hum... iih! Iih! Iih!", a Amanda soltou quando sua bolsa começou a se mexer.

De repente, a aba se abriu e uma bola branca felpuda saiu balançando o rabo.

A AMANDA FOI PEGA NO FLAGRA!!

"AI, MEU DEUS! Um filhotinho DE VERDADE?", exclamei. "Amanda, POR QUE tem um CACHORRO na sua bolsa?!"

"Porque todas as meninas da escola estão comprando um cachorrinho dentro de uma bolsa! Então eu também quis um!"

"Mas, Amanda, nós JÁ temos um cachorro! Você pode colocar a Fifi na bolsa!"

Claro que fiz a Amanda levar o filhotinho e a bolsa ao Palácio dos Bichinhos para pegar o dinheiro de volta. E ela ficou maluca!

Estávamos passando pela loja de brinquedos quando a Amanda começou a dar outro chilique. Segurei o braço dela e tentei arrastá-la em direção à loja de departamentos para pagar meu uniforme e sair logo dali.

E sim! Foi TÃÃÃO vergonhoso! Mas eu apenas a IGNOREI totalmente!

Até ela começar a gritar feito louca.

"ESTRANHA PERIGOSA! ALGUÉM ME AJUDA, POR FAVOR!! ESTOU SENDO SEQUESTRADA!!"

Foi quando todo mundo no shopping se virou e começou a me olhar de um jeito muito suspeito. Abri um sorriso amarelo e abracei a Amanda. "Fique calma, queridinha!" Então sussurrei em seu ouvido: "Sua PIRRALHA mimada!! É melhor SE CALAR ou então...!"

"Mas eu quero o meu filhotinho na bolsa! AGOOOORA!!"

"Desculpa! NÃO vai rolar! Não tenho dinheiro para comprar o uniforme e um cachorrinho!"

Foi quando a Amanda se jogou no chão e começou a se contorcer como uma MINHOCA. "Sai de perto de mim, sua SEQUESTRADORA! SOCORRO! SOCORRO! Estou sendo SEQUESTRADA! Alguém chame a polícia!"

Se eu fosse presa, minhas chances de entrar no Colinas de North Hampton estariam ARRUINADAS! Para minha sorte, notei uma promoção de BRINQUEDOS! Logo ofereci um suborno à Amanda para que ela parasse de gritar e eu pudesse pegar meu uniforme e as outras coisas. Ela aceitou ☺!!

EU COM MEU UNIFORME NOVO, E A AMANDA COM O CACHORRINHO DE BRINQUEDO NA BOLSA

Apesar de todo o drama com a Amanda, finalmente estou pronta para meu primeiro dia de aula na Academia Internacional Colinas de North Hampton!

ADOREI meu uniforme novo!

E vou ficar simplesmente FABULOSA!!

UHU PRA MIM ☺!!

TCHAUZINHO!

MacKenzie ♡

MINHAS CARTAS MAIS MALVADAS DO DIA NA COLUNA DA SRTA. SABICHONA

Hoje eu tenho DUAS cartas:

* * * * * * * * * * * * * * *

Cara srta. Sabichona,

Tem um garoto na escola de quem eu gosto. Ele é atleta, muito fofo, legal e popular. Quando estamos sozinhos, ele é superbacana. Mas, quando está com os amigos, age como se eu não existisse. Ele gosta mesmo de mim?

Obrigada,
Garota Invisível

* * * * * * * * * * * * * * *

Cara Garota Invisível,

Se esse garoto é um GDP, ele obviamente não é para o seu bico!

Ele pode ignorá-la quando está com os amigos porque tem vergonha de você. Caras assim querem uma namorada inteligente, bonita e rica, para exibir como um troféu.

Tenho certeza de que ele só está usando-a porque você é inteligente e o ajuda com a lição de casa. Ou ele está sempre com fome e você o deixa comer o seu almoço todos os dias.

Meu conselho é que você me envie uma foto e o nome dele, porque parece que ele é o meu tipo e podemos ter muito em comum!

UHU PRA MIM!! 😊!!

— *Srta. Sabichona*

* * * * * * * * * * * * *

Tenho MUITA certeza de que a carta a seguir é da traidora da minha ex-melhor amiga, a Jessica.

* * * * * * * * * * * * *

Cara srta. Sabichona,

Estou com um baita problema com a minha melhor amiga! Se eu escolher a popularidade em vez de minha melhor amiga e descartá-la como uma pizza de pepperoni mofada há duas semanas, isso faz de mim uma pessoa ruim? Eu ainda a adoro em segredo, só não quero mais ser vista em público com ela.

Ela era a rainha das GDPs. E, quando me escolheu como melhor amiga, em vez de todas as outras garotas do colégio, minha popularidade aumentou de 6 para 100! Ganhei um monte de amigos legais, convites para as melhores festas e acesso ao ARMÁRIO DE SAPATOS dela, do tamanho de uma cobertura!! Eu me sentia como se tivesse ganhado na loteria das melhores amigas!

Então, de repente, as coisas mudaram! A popularidade é tão fugaz quanto as tendências de sapatos — um dia, o que está em alta são as botas abertas na frente, e, uma semana depois, elas já saíram de moda e todo mundo está de olho nas sapatilhas com pedrarias. Bom, a mesma coisa aconteceu com a minha melhor amiga. Ela cometeu um leve deslize! E de repente se tornou MENOS popular do que um par de galochas numa promoção de sapatos de marca. Ela perdeu a qualidade especial que me fez querer ser sua melhor amiga, para começo de conversa.

Agora as GDPs estão de olho na próxima It Girl, e finalmente é a MINHA chance de me tornar a garota que todo mundo inveja e quer ser. Mas continuar próxima da minha melhor amiga poderia me tornar tão impopular quanto ela. Estou pensando se devo ou não convidá-la para a minha festa de aniversário no country club.

Então, eu devo abandonar minha melhor amiga e correr atrás do meu sonho de ser a próxima rainha GDP (e conviver com a culpa)? Ou devo ser a amiga leal que fica por perto (apesar de ela ser uma vergonha total) e desistir da oportunidade de finalmente ser feliz DE VERDADE na vida?

— *Princesa GDP*

* * * * * * * * * * * * * * *

Cara Princesa GDP,

Como é que é?! Você deveria se sentir MUITO grata por sua INCRÍVEL melhor amiga ter permitido que você enfiasse esses pés fedorentos e ENORMES nos sapatos de marca dela!

Sério, ela NÃO PRECISAVA ser bacana e ter PENA de uma INVEJOSA nada popular como VOCÊ! Sinta-se privilegiada por ela não ter acabado com a sua raça quando você apareceu na festa do Justin com aquele vestido laranja fluorescente que sua avó (senil, obviamente) fez para você.

E aquela MELECA verde e dura no seu nariz era para ser o acessório combinando? Ou você não viu aquela coisa enorme balançando ao vento quando se olhou no espelho? Ainda assim, sua melhor amiga superleal correu para casa e voltou com um vestido bem lindo de marca para você usar na festa E com um lenço para aquela meleca gigantesca.

Você deveria ficar feliz por sua melhor amiga não ter te abandonado quando pegou você fingindo ser ela na internet, só para bater papo com meninos bonitos! Eu entendo — você deseja COM TODAS AS SUAS FORÇAS ser ela, porque nem um morto de fome horroroso olharia para você, nem se pendurasse um sanduíche de mortadela no pescoço.

Sua melhor amiga também poderia ter contado para todo mundo seus segredos mais sombrios, como o fato de você ter feito xixi na cama até os ONZE ANOS! Mas, em vez disso, ela fez com que você deixasse de ser um NADA e passasse a ser uma socialite GDP, e é ASSIM que você retribui a generosidade dela?! Apunhalando-a pelas costas para que VOCÊ possa se tornar a nova rainha GDP?!

Desculpa! Mas você JAMAIS vai roubar a coroa de diva mais linda, inteligente e intensa da sua amiga!! Então, faça um favor a si mesma e não perca tempo tentando! E não me deixe flagrar você falando bobagem pelas ~~minhas~~ costas da sua melhor amiga de novo!

— *Srta. Sabichona*

SEGUNDA-FEIRA, 21 DE ABRIL

Querida Nikki,

Tenho certeza de que você já ouviu todos os boatos sobre mim e a minha melhor amiga, a Jessica. Bom, a minha ex-melhor amiga.

Desde que eu a vi, com os meus outros amigos GDPs, rindo de mim naquele vídeo, ando tão BRAVA que poderia...

GRITAAAAAR! ☹!!

E aí a Jessica teve a CORAGEM de escrever aquela carta à srta. Sabichona ACABANDO comigo daquele jeito!

Sério, QUEM faz esse tipo de coisa com outra pessoa?

Tá, tudo bem! Admito que talvez eu faça esse tipo de coisa com outras pessoas.

Mas definitivamente NÃO com a minha MELHOR amiga!!

Eu estava no banheiro feminino, cuidando da minha vida e passando mais gloss labial. E então a Jessica entrou com outras GDPs. Eu NÃO consegui acreditar que ela teve a coragem de REVIRAR os olhos para mim daquele jeito.

Então eu falei: "Jessica! Com licença, mas NÃO GOSTEI nada de te ver rindo de mim naquele vídeo. Acho que é INVEJA!"

E ela ficou, tipo: "MacKenzie, sério! Não faço nem ideia do que você está falando!"

E eu fiquei, tipo: "Ah, é mesmo? Bom, fiquei sabendo que você anda falando mal de mim pelas costas para poder ser a rainha!"

Aí as coisas ficaram muito, muito quietas, e todas as GDPs ficaram só olhando para a Jessica, esperando para ver qual seria a desculpa esfarrapada que ela daria por ter me apunhalado pelas costas daquele jeito.

E a Jessica ficou, tipo: "MacKenzie, NÃO CONSIGO NEM...!!"

Eu NÃO podia acreditar que ela tinha me dito aquilo! Então eu acabei com ela.

EU, ACABANDO COM A JESSICA
NO BANHEIRO FEMININO!!

Neste momento, estou tão CANSADA da Jessica!! Já a excluí do Facebook. Nem ligo se NÃO for convidada para a festa de aniversário idiota dela!

De qualquer modo, como se tudo isso não fosse DRAMA suficiente para um dia, fui forçada a ver a parte dois da aula de biologia.

Era muito óbvio que você e o Brandon ainda estavam chateados um com o outro na aula hoje. Ele estava te ignorando totalmente, assim como você o ignorou totalmente.

Foi quando decidi assumir as rédeas.

Talvez se você LESSE a carta do Brandon, eu não seria forçada a ficar aqui sentada vendo vocês ignorando um ao outro.

Então, depois da aula de biologia hoje, assumi a responsabilidade pelas minhas atitudes e fiz a coisa certa!

COLOQUEI A CARTA DO BRANDON DE VOLTA NO SEU ARMÁRIO ☺!

Eu estava perto do meu armário, escrevendo no ~~seu~~ MEU diário, quando vi você parar, olhar surpresa para a carta dele e rapidamente abri-la.

Oi, Nikki.

É o Brandon. Antes de você amassar este bilhete e jogá-lo no lixo, leia até o fim, por favor.

Ainda não sei bem o que aconteceu, mas estou chateado desde que paramos de andar juntos. A aula de biologia não é a mesma sem as nossas brincadeiras e sem você rindo das minhas piadas sem graça. Sinto falta de dar banho com você nos cachorros da Amigos Peludos, apesar de acabarmos passando mais xampu em nós mesmos do que neles. E os cachorros sentem sua falta também!

Isso tudo é por causa daquele... hum, bom, do beijo no fim da festa? E do boato que veio depois? Sinto muito se fiz você se sentir mal. Com certeza, gostaria de não ter feito nada para estragar nossa amizade.

Você disse algo sobre não saber quem eu sou. Então o que acha de nos encontrarmos na CupCakery hoje depois da aula, para comer um cupcake veludo vermelho? Por minha conta! Vou contar o que você quiser saber sobre mim (e não vou me preocupar se você vai me achar esquisito). Aprendi que a sinceridade e a confiança são essenciais em uma amizade verdadeira.

Se você decidir NÃO me encontrar hoje, vou entender. Acho que isso vai ser um sinal de que não mereço sua amizade. Mas eu ficaria feliz se você me desse outra chance.

Seu amigo peludo,
Brandon

AI, MEU DEUS, Nikki! Depois que leu aquela carta, você ficou TÃO feliz que gritou "ÊÊÊÊÊ!!" como um camundongo! Então começou a rir e a fazer uma dancinha muito esquisita, bem ali no corredor.

Você enviou uma mensagem para a Chloe e para a Zoey contando a novidade, e elas correram e gritaram, como se você fosse a Taylor Swift ou alguém assim.

E aí vocês três deram um abraço coletivo!

Fiquei um pouco confusa quando ouvi vocês marcarem um encontro na sua casa depois do colégio para escolher o que você vestiria.

E aí, quando você saiu, eu FINALMENTE entendi que você pensou que deveria encontrar o Brandon depois da aula... HOJE!!

Admito que a confusão foi em parte culpa MINHA!

Sério, Nikki, eu NÃO conseguia acreditar...

VOCÊ ESPEROU PACIENTEMENTE PELO BRANDON NA CUPCAKERY POR DUAS HORAS, E ELE NÃO APARECEU!

Não julgo você por ter ficado ainda mais FURIOSA com ele, por ter te deixado esperando daquele jeito! Principalmente depois de ele ter escrito aquela carta supermelosa abrindo o coração a você.

Compreendo por que você se sente mais CONFUSA do que um camaleão em um saco de CONFETES! Seu relacionamento com o Brandon está CONDENADO! E NUNCA vai dar certo ☹!

UHU PRA MIM ☺!! Sinto muito por NÃO sentir muito!

De qualquer modo, apesar de você estar muito decepcionada por saber que vocês dois JÁ ERAM, por favor, não se faça de coitada.

Algumas pessoas têm MUITO mais problemas do que você! E, ao dizer "pessoas", eu me refiro a garotas como EU ☹!!

No momento, estou tão BRAVA com os meus PAIS que poderia...

GRITAAAAAR!! 😠!

Depois do jantar, tentei conversar com eles sobre a minha transferência para a Academia Internacional Colinas de North Hampton!

Como sempre, eles praticamente IGNORARAM tudo o que eu disse. Meu pai estava lendo o jornal. E minha mãe, arrumando os cabelos e aplicando, tipo, a nona camada de batom (ela é VICIADA em batom).

E, para sua informação, a Amanda estava no andar de cima fazendo birra. POR QUÊ? Porque, enquanto ensinava o filhotinho de brinquedo a fazer xixi no lugar certo, ela sem querer o DERRUBOU e entupiu o VASO SANITÁRIO!

Sim, eu sei!! Aquela menina tem SÉRIOS problemas!!

De qualquer modo, eu implorei, gritei e chorei.

Fiz um show digno de receber indicação ao Oscar de Chilique Mais Dramático numa Família.

EU, TENDO UM CHILIQUE ENQUANTO MEUS PAIS ME IGNORAM TRANQUILAMENTE!!

Eu fiquei, tipo: "Mãe! Pai! Vocês não entendem. Os alunos do meu colégio ME ODEIAM! Todos os dias, eu os vejo assistindo a um vídeo no qual um inseto está no meu cabelo! Eles RIEM muito de mim, como se eu fosse alguém sem popularidade ou alguma coisa assim!"

"Querida, não deve ser TÃO ruim! Na semana passada você estava dizendo que tem muitos amigos e que AMA seu colégio! As crianças devem achar que é uma brincadeira inofensiva. Certamente não querem chatear você", minha mãe falou.

"Querem, SIM! Ir para o colégio todos os dias e lidar com aquele vídeo é uma TORTURA! Preciso me transferir para a Academia Internacional Colinas de North Hampton O MAIS RÁPIDO POSSÍVEL! Tipo, amanhã! POR FAVOOOR!"

"MacKenzie, acalme-se. É só um vídeo idiota que as crianças estão repassando no celular. Amanhã provavelmente já estarão assistindo a outra coisa", meu pai disse com firmeza.

"Mas está ARRUINANDO a minha VIDA!", gritei de um jeito bem histérico.

"Não, NÃO está arruinando a sua vida!", meu pai disse. "Mas, se esse valentão, Nicholas, tivesse..."

"Pai! O nome DELA é NIKKI!", gritei.

"Certo... NIKKI, então! Se essa valentona chamada Nikki tivesse postado o vídeo na internet, seria uma situação totalmente diferente. Saberíamos com certeza que ela tem más intenções. Aí eu não consideraria só uma brincadeirinha inocente."

"Ela está chateada, Marshall! Talvez devêssemos marcar uma reunião com o diretor Winston", minha mãe disse, olhando para o relógio. "Tenho uma reunião em vinte minutos sobre nosso evento beneficente para o hospital infantil. Terminaremos esta discussão mais tarde, MacKenzie, querida. Nelson já está à minha espera no carro", ela disse ao beijar minha testa. "Tchauzinho!"

"Mas, MÃE!", resmunguei. "Por favor, não saia!"

"Certo, vamos fazer o seguinte", meu pai disse ao pegar a página do mercado de ações e franzir o cenho vendo os números. "Vamos esperar mais um mês. Se as coisas não melhorarem até lá, marcamos uma conversinha com o diretor para resolver isso."

"MAS O QUE EU VOU FAZER ATÉ LÁ?", gritei a plenos pulmões.

Foi quando meus pais se entreolharam com nervosismo e disseram seis palavrinhas. E NÃO! As palavras não foram: "Tudo bem, você pode ser transferida!"

Eles disseram: "VAMOS LIGAR PARA O DR. HADLEY!"

Eu fiquei, tipo: "COMO É QUE É?! DESCULPA, mas não PRECISO de uma sessão de terapia no momento!"

Se eu quisesse CONSELHOS sobre como lidar com os meus problemas, escreveria para a srta. Sabichona, entraria no site e enviaria uma resposta para MIM MESMA!

"O que PRECISO é que vocês me matriculem na Academia Internacional Colinas de North Hampton! AGORA!"

AI, MEU DEUS! Eu estava tão FURIOSA com meus pais.

Foi quando perdi o controle e gritei...

EU, PERDENDO TOTALMENTE O CONTROLE E GRITANDO COM MEUS PAIS!!

Então corri para o meu quarto e bati a porta!

SÉRIO! Meus pais são tão IDIOTAS!!

Eles querem que eu fique APODRECENDO no WCD enquanto os alunos riem de mim todos os dias, como se eu fosse uma FRACASSADA nada popular!!

NÃO CONSIGO NEM...!!!

COMO MEUS PRÓPRIOS PAIS PODEM ACREDITAR QUE ESSE VÍDEO NÃO É UM PROBLEMA SÉRIO ENQUANTO ALGUÉM NÃO DIVULGÁ-LO NA INTERNET?!!!

BOM, mãe e pai!!!

Adivinhem!!

ISSO pode ser facilmente RESOLVIDO!!....

EU, FAZENDO BULLYING VIRTUAL COMIGO MESMA AO POSTAR O VÍDEO NA INTERNET!

Agora que o meu carrasco imaginário postou aquele vídeo nojento, meus pais vão sentir tanta PENA de mim que FINALMENTE vão me transferir!!

UHU pra mim 😊!!

Academia Internacional Colinas de North Hampton, aqui vou EU!!!

TCHAUZINHO!

Mackenzie

MINHA CARTA MAIS MALVADA DO DIA NA COLUNA DA SRTA. SABICHONA

Tenho quase certeza de que a próxima carta é da Marcy, aquela sua amiguinha tímida e muito esquisita. Ela usa APARELHO, né?!

* * * * * * * * * * * * * * *

Cara srta. Sabichona,

Não tenho andado muito feliz desde que soube que preciso usar aparelho.

Tenho vergonha de dizer isso, mas, quando meu ortodontista me deu a notícia, comecei a chorar bem ali na cadeira. A verdade é que já sou insegura, e esse fiasco com o aparelho está me fazendo sentir muito pior.

Agora, sempre que olho no espelho, imagino uma esquisitona com dentes de arame farpado olhando para mim. É uma baita luta passar um dia na escola sem chorar.

Tenho certeza de que você conhece todas as histórias de horror de adolescentes com aparelho que acabam recebendo apelidos cruéis. Por que as pessoas têm que chutar uma garota quando ela já está no chão??

Eu me sinto frustrada, deprimida e sozinha. Não contei aos meus amigos sobre isso porque ultimamente eles têm lidado com os problemas deles.

Mas sei que você é a pessoa perfeita para me dar o incentivo e o conselho de que preciso para passar por isso. Por favor, me ajude!

— *Triste de Aparelho*

* * * * * * * * * * * * * * *

Já que essa menina (Marcy?) parece totalmente MALUCA, pretendo enviar o conselho por e-mail amanhã.

ALERTA: Essa carta é tão CRUEL que provavelmente renderia uma suspensão de três dias! Desculpa, Nikki ☺!

* * * * * * * * * * * * * *

Cara Boca de Zíper,

Eu acertei seu nome? Ou seria Cara de Lata? Talvez CERCA ELÉTRICA! Desculpa, queridinha. Às vezes sou tão esquecida! Bom, usar aparelho não é tão ruim. Vamos analisar os prós e os contras, tá?

PRÓS:

1: Você pode conseguir emprego em um restaurante italiano para ralar queijo nos dentes!

2: Também pode usar a boca como triturador de papel e como serra!

3: Com toda a comida que vai ficar presa no aparelho, você terá um restaurante portátil e GRATUITO!

CONTRAS:

1: As pessoas vão seguir você para conseguir um sinal melhor para o celular.

2: Um namorado de aparelho pode se tornar o beijo da morte, literalmente. Se o seu aparelho enroscar no dele durante uma beijoca, vocês dois terão que ir ao ortodontista juntos para que os aparelhos sejam desenganchados!

3: Em um dia sem muitas nuvens, dá para pegar sinais interestelares de ALIENÍGENAS em Marte!

Espere um pouco! TUDO isso parecem contras, não é?

Pois é, que azar o seu!

Ainda bem que eu SEMPRE tive dentes branquinhos e perfeitos!

UHU PRA MIM ☺!!

— *Srta. Sabichona*

TERÇA-FEIRA, 22 DE ABRIL

Querida Nikki,

Pensei que este momento nunca chegaria!

Hoje é o meu ÚLTIMO DIA no colégio Westchester Country Day ☺!!

UHU PRA MIM ☺!!

Tudo aconteceu como eu planejei.

Meus pais viram o vídeo em que apareço na internet, postado por aquela VALENTONA HORROROSA do meu colégio.

Ou seja, VOCÊ!

Fiquei tão chateada com o que você fez que chorei muito ontem à noite.

Meus pais sentiram TANTA pena de mim!

Então, a primeira coisa que fizeram hoje cedo foi contatar a Academia Internacional Colinas de North Hampton e combinar minha transferência. UHU PRA MIM ☺!!

Impressionei a diretora na entrevista de admissão. Ela disse que eu seria uma ótima aluna para aquela instituição acadêmica.

Então, na quinta-feira, farei os testes de nível para todas as disciplinas.

Enquanto escrevo isto, meus pais estão no WCD finalizando a papelada, e eu estou esvaziando meu armário e pegando minhas coisas.

Bom, na verdade, estou supervisionando o moço da empresa de mudança.

Quando eu for embora, tenho CERTEZA que você e as suas amigas vão ficar no corredor me OLHANDO FIXAMENTE e tentando entender o que está acontecendo. Mas vou apenas IGNORAR vocês, como sempre faço!...

EU, SAINDO DO WCD PARA ESTUDAR NA ACADEMIA INTERNACIONAL COLINAS DE NORTH HAMPTON ☺!!

E sim! Sei que muitas perguntas a respeito da minha partida repentina vão ficar sem resposta. Mas, por favor, não acredite em nenhum boato maldoso.

A verdade é que eu provavelmente estarei no Havaí, num iate enorme, usando um vestido de marca lindo e sandálias combinando, bebericando uma vitamina refrescante de abacaxi e manga, enquanto faço minha redação sobre "Vulcões no Havaí" com os alunos muito inteligentes, ricos e modernos do meu grupo de estudos da Academia Internacional Colinas de North Hampton!

UHU PRA MIM!! ☺!!

Eu falei que a maioria dos alunos ali são filhos de celebridades, políticos, empresários famosos e da realeza?

Quase esqueci de dizer que houve uma pequena mudança de planos em relação ao seu diário.

Primeiro, estou totalmente viciada em escrever nele!

Segundo, acho que o que você escreve no seu diário deveria ser mostrado ao MUNDO todo!

Além disso, não esqueça que meu PRESENTE final será entregue a você na segunda-feira, dia 28 de abril.

Depois que você for EXPULSA do WCD por bullying virtual, vai precisar de um colégio novo também!

E, independentemente do que faça, POR FAVOR, POR FAVOR, POR FAVOR, não se transfira para a Academia Internacional Colinas de North Hampton ☺!

TCHAUZINHO!

MacKenzie ♡

PS: Deixei um bilhetinho de despedida colado no meu antigo armário!

MINHA CARTA MAIS MALVADA DO DIA NA COLUNA DA SRTA. SABICHONA

Infelizmente, com a transferência e tudo o mais, hoje foi um dia muito agitado para conseguir responder às cartas com conselhos.

E, como estarei superocupada no colégio novo com todos os meus novos amigos, pode considerar isto aqui como minha DESPEDIDA oficial!

Gostei muito de ser a srta. Sabichona! Salvar alguns esquisitos sem esperança do próprio destino foi muito parecido com fazer caridade. Mas o mais importante é que isso me fez sentir aquecida e aconchegada!

Sinceramente, acho que toda essa experiência mudou minha vida para melhor e me tornou uma pessoa mais legal e bondosa.

SÓ QUE NÃO!!

!!

QUARTA-FEIRA, 23 DE ABRIL

AI, MEU DEUS!

VOCÊ NÃO VAI ACREDITAR NO QUE ACONTECEU COMIGO ONTEM!!

QUINTA-FEIRA, 24 DE ABRIL

FINALMENTE ENCONTREI O MEU DIÁRIO!! ^^^^^^ EEEEEE ☺!!

ESTOU TÃO FELIZ AGORA QUE VOU ATÉ DAR UM GRANDE...

← BEIJO!

Ele ficou desaparecido por

DUAS. SEMANAS. INTEIRAS!!!

E, durante todo esse tempo, eu fiquei um

CACO!!

Minhas melhores amigas e eu procuramos EM TODOS OS LUGARES! Eu já tinha desistido de encontrar meu diário.

E a coitada da Zoey se culpou por perdê-lo! Ela pensou que ele tivesse caído da minha mochila quando a abriu para pegar chiclete.

Eu disse que, mesmo que isso tivesse acontecido, tinha sido sem querer e eu não estava brava com ela.

Mas AINDA assim a Zoey se sentiu responsável e insistiu, dizendo que era a PIOR. AMIGA. DO MUNDO!

Ela andava triste, tipo, há uma ETERNIDADE, e a Chloe e eu estávamos preocupadas com ela.

Mas, quando mostrei meu diário à Zoey, ela ficou tão feliz que chegou a derramar lágrimas de alegria!

Agora tenho o meu diário E a minha melhor amiga Zoey de novo ☺!

^^^^^^^
EEEEEEÊ!!

A parte MAIS ESQUISITA é que o meu diário estava totalmente diferente quando o encontrei.

O LADRÃO, muito espertinho, fez uma TRANSFORMAÇÃO bem fofa no diário, com uma capa FABULOSA de ONCINHA!

Parecia muito a estampa de uma blusa de marca que eu tinha visto no shopping por 220 dólares!

No dia em que meu diário desapareceu, fiquei desconfiada. Senti vontade de espalhar cartazes de PROCURA-SE pelo colégio todo...

Mas, infelizmente, eu não tinha nenhuma prova de que ela era a MÃO-LEVE que havia roubado o diário.

Enfim, eu NÃO posso acreditar em todas as coisas que a MacKenzie escreveu no MEU diário!

Fiquei acordada até depois da meia-noite e li tudo. DUAS VEZES! Ela conseguiu me dar um vislumbre de sua mente.

Apesar de sua beleza e popularidade, a vida dela está longe de ser perfeita, como todo mundo pensa.

Ela só finge que é.

E, sim, eu sei que a MacKenzie está estressada com todo o drama que está rolando na vida dela, incluindo (1) a suspensão, (2) o vídeo do inseto, (3) a perda de sua melhor amiga, a Jessica, (4) o ciúme incontrolável que ela sente da minha amizade com o Brandon e (5) seu desejo de mudar de escola.

Mas AINDA ASSIM! Como minha avó sempre diz: "Tudo acontece por um motivo. E, às vezes, o motivo é que tomamos decisões RUINS!"

A MacKenzie cria muitos de seus próprios problemas e depois culpa os outros.

No entanto, a coisa mais CHOCANTE foi descobrir como ela é DIABÓLICA!

Até que ponto, você quer saber?

Até as últimas consequências. Quando a vida lhe dá LIMÕES, ela espreme todos eles nos OLHOS das pessoas!!

Eu sentiria pena da MacKenzie se ela não fosse tão CRUEL.

Mas essa coisa toda se torna ainda mais INACREDITÁVEL!

A MacKenzie encontrou meu nome de usuário e senha em uma das páginas do diário e INVADIU o site da srta. Sabichona ☹!!

NÃO estou mentindo!!

Então escreveu um monte de conselhos MALDOSOS E NOJENTOS para os alunos.

O plano dela era ME fazer ser expulsa do colégio por BULLYING VIRTUAL!

Tipo, QUEM faz isso?!!!

Felizmente, minha coluna da srta. Sabichona só sai na segunda, dia 28 de abril, então tenho tempo suficiente para consertar os danos que ela causou e apagar as cartas.

Apesar disso, AINDA estou um pouco preocupada com a AMEAÇA que ela fez, dizendo que teria uma SURPRESA para mim na segunda-feira, 28 de abril ☹!

Mas aqui está a notícia mais CHOCANTE de todas!!

A MACKENZIE HOLLISTER FOI TRANSFERIDA PARA OUTRO COLÉGIO!

E ontem foi o último dia dela no WCD!

SIM! Sei que é muito difícil acreditar! Mas é VERDADE!! O colégio inteiro está FOFOCANDO sobre isso, até os professores.

Aquela RAINHA DO DRAMA sumiu da minha vida!! PARA SEMPRE!! UHU!!!...

EU, FAZENDO A DANCINHA FELIZ DO SNOOPY PORQUE A MACKENZIE FOI EMBORA!!

Já que a MacKenzie está fora do caminho, eu FINALMENTE posso tentar acertar as coisas com o Brandon sem que ela interfira ☺!

Ele tem andado SUPERocupado ultimamente, tirando fotos para o jornal e para o anuário do colégio.

Temos basicamente nos ignorado e mal nos falamos desde aquela confusão no meu armário, algumas semanas atrás.

E aí as coisas passaram de mal a pior depois que o Brandon escreveu aquela carta fofa de desculpa e me convidou para encontrá-lo na CupCakery.

Eu esperei por ele durante, tipo, UMA ETERNIDADE, mas ele não apareceu ☹!

Fiquei brava com ELE, porque pensei que tivesse me dado um bolo, já que ELE ainda estava bravo COMIGO. E sim! Sei que isso tudo parece loucura.

Mas, de acordo com o que a MacKenzie escreveu no meu diário, ELA estava por trás de tudo, MANIPULANDO todo mundo e criando todo o DRAMA.

Tenho que admitir, senti muita saudade do Brandon nessas últimas semanas. Vou conversar com ele amanhã e pedir desculpa por tudo o que aconteceu.

Bom, agora que a MacKenzie foi para um novo colégio, minha vida no WCD FINALMENTE vai ser livre de DRAMA e totalmente PERFEITA!!
^^^^^^^^
EEEEEEEE!!
☺!!

LEMBRETE:

A Chloe não foi ao colégio ontem nem hoje e não respondeu às minhas mensagens.

O que é muito ESTRANHO!

Espero que a Zoey tenha notícias dela!

Mas se NÃO...

1. Vou telefonar para a Chloe hoje à noite para me certificar de que ela está bem!!

2. Vou contar a ela a notícia MARAVILHOSA de que FINALMENTE encontrei o meu diário ☺!!

3. Vou dizer que não precisamos mais nos preocupar com a Zoey, porque ela voltou ao normal. ÊÊÊÊÊ!!

ALÉM DISSO:

Não posso me esquecer de explicar tudo ao Brandon e pedir desculpa!

SEXTA-FEIRA, 25 DE ABRIL

AAAAAHHHHH ☹!!!

(Essa sou eu gritando!)

Pensei que as coisas fossem melhorar muito sem a MacKenzie por perto.

Mas hoje está se tornando o PIOR dia do MUNDO!!

Eu já tinha decidido que, se a Chloe faltasse hoje de novo, a Zoey e eu iríamos à casa dela depois do colégio.

Nós duas estávamos ligando, enviando mensagens e e-mails à Chloe quase sem parar desde quarta-feira, mas não tínhamos recebido notícia nenhuma.

Nem um PIO!!

O que FOI que aconteceu?!!

Primeiro a Zoey estava agindo de um jeito esquisito, e agora a Chloe?! QUE MARAVILHA ☹!!

Eu estava preocupada pensando que algo RUIM tivesse acontecido com a Chloe a caminho do colégio na quarta-feira.

Sabe como é, ela podia ter sido sequestrada por zumbis adolescentes. E estar sendo mantida como refém porque eles queriam que ela fosse a RAINHA zumbi adolescente deles. CREEEDO ☹!!

Ei, isso poderia acontecer!

FINALMENTE vimos a Chloe, saindo da secretaria depois da segunda aula. A Zoey e eu ficamos SUPERfelizes e quase HISTÉRICAS.

Corremos até ela e gritamos: "Chloe! Chloe! AI, MEU DEUS! ONDE você esteve?! Tentamos entrar em contato! Você não recebeu nenhum dos nossos telefonemas, e-mails e mensagens? Você está bem? Estava doente? Sentimos sua falta! Adivinha? Estamos LOUCAS para contar a grande novidade! ENCONTRAMOS O DIÁRIO!!! ÊEEEÊ!!"

Mas aí a coisa mais esquisita aconteceu!...

ELA SIMPLESMENTE REVIROU OS OLHOS PARA NÓS E FOI EMBORA!

Ficamos chocadas, olhando boquiabertas para a nossa amiga!

A Chloe agiu como se nós nem estivéssemos ali. NÃO consegui acreditar que ela tinha acabado de nos IGNORAR daquele jeito.

A Zoey e eu ficamos magoadas e confusas! Porém, mais do que qualquer coisa, ficamos frustradas com todas as perguntas sem resposta.

Por que a Chloe não havia se dado o trabalho de responder nossos milhões de telefonemas, mensagens e e-mails?

Por que ela estava chateada?

Por que tinha faltado tantos dias?

Ela estava brava com a gente?

E se estivesse, por quê?

Mas não tivemos a chance de perguntar nada, porque ela FEZ BICO durante a aula de educação física e ficou muito SÉRIA na hora do almoço, se recusando a falar com a gente.

Mas a Zoey e eu estávamos DETERMINADAS. Nós NÃO desistiríamos da nossa MELHOR AMIGA.

Então criamos um PLANO SECRETO.

Mais tarde naquele dia, quando nós três estivéssemos trabalhando juntas na biblioteca, arrumando os livros, seríamos SUPERbacanas e gentis com a Chloe para animá-la.

E, quando ela melhorasse, faríamos com que nos contasse o que a estava incomodando.

No fim, nós nos abraçaríamos e voltaríamos a ser melhores amigas. ÊÊÊÊÊÊÊÊ!!

EM BREVE...!!

☺!!!

SÁBADO, 26 DE ABRIL

Bom, retomando, a Zoey e eu estávamos prestes a implementar nosso plano secreto para acabar com a CRISE DA CHLOE.

"Vocês estão tão entediadas quanto eu?", perguntei, limpando as mesas da biblioteca de novo só para ficar acordada.

"Bom, a gente sempre pode apagar anotações feitas a lápis nos dicionários", a Zoey sugeriu.

"Não estou TÃO entediada assim!", respondi. "Tem alguma ideia, Chloe?"

A Zoey e eu olhamos para ela com esperança. Mas ela ficou olhando para frente e não disse nada.

"Chloe, o que está acontecendo? Você anda SUPERquieta. Tem alguma coisa errada?", a Zoey perguntou.

A Chloe mordeu o lábio e negou com a cabeça.

"Tenho uma ideia. Já que estamos entediadas, vamos brincar do jogo preferido da Chloe!", exclamei. "Mímica!"

"Parece divertido!", a Zoey concordou.

"E é melhor do que apagar marcas de lápis dos dicionários", comentei. "Chloe, você pode começar."

Ela cruzou os braços e ficou com um olhar de tédio.

"Hum...", eu disse, coçando a cabeça. "Nenhum movimento e olhar parado. Você é uma... PEDRA?"

A Chloe fez uma cara feia para mim e balançou a cabeça.

"Bom, é uma ÁRVORE?", perguntou a Zoey.

A Chloe revirou os olhos pela décima vez naquele dia e ficou totalmente parada. Foi quando uma ideia criativa surgiu na minha cabeça.

"Já sei! Você é uma ESTÁTUA muito BRAVA!", exclamei. "Certo?!"

ERRADO!! A Chloe me lançou um olhar gelado, mas tão gelado que eu quase congelei! AAAI!!...

Acho que minha ideia muito criativa deve ter irritado a Chloe ou algo assim, porque ela cerrou os punhos e saiu da sala.

"Espera! Aonde você está indo?", chamei. "A Zoey e eu ainda estamos tentando adivinhar!"

Ela me lançou um olhar sério e bateu a porta da biblioteca com tudo. BAM!!

"O que acabou de acontecer?", perguntei, totalmente confusa. "Perdi alguma coisa?"

"Acho que nós duas perdemos", a Zoey respondeu com seriedade. "A Chloe está brava e decidiu não falar mais com a gente!"

"Mas por quê?", perguntei, embasbacada. "O que fizemos ou dissemos para deixá-la tão irritada?"

"Não faço a menor ideia!", a Zoey deu de ombros. "Ela costuma ser tão doce e alegre. Talvez esteja tendo um dia ruim."

"Parece mais uma SEMANA ruim!", eu disse, suspirando.

"Bom, vamos dar um tempo para ela. Espero que a Chloe se sinta melhor amanhã", a Zoey falou.

"Se você está dizendo... Mas parece que ela está cada vez com mais ÓDIO da gente", reclamei.

A Zoey balançou a cabeça e deu um suspiro longo e triste.

"Precisamos ficar ao lado da Chloe para quando ela estiver pronta para conversar. Lembre-se... 'Um amigo é alguém que conhece a CANÇÃO do seu CORAÇÃO e pode CANTÁ-LA quando você esquecer a LETRA!' Autor desconhecido."

AI, MEU DEUS! Foi a coisa mais gentil, atenciosa e simpática que já ouvi.

A Zoey é a MELHOR amiga de todos os tempos!

E, quando o assunto é resolver emoções complicadas, ela é como um dr. Phil adolescente, de gloss brilhante e jeans skinny.

Não tínhamos a menor ideia do motivo pelo qual a Chloe estava chateada.

Porque, infelizmente, nosso plano secreto para acalmá-la... NÃO FUNCIONOU.

A Zoey e eu saímos da biblioteca mais preocupadas do que NUNCA.

☹!!

DOMINGO, 27 DE ABRIL

A situação com a Chloe foi emocionalmente desgastante.

Mas não foi o único FESTIVAL DO DRAMA com o qual tive que lidar na sexta.

O outro começou quando descobri que estavam servindo o que parecia vômito com molho de diarreia no refeitório.

E o cheiro era disso também ☹! ECAAA!!

Então decidi comer só uma banana no almoço.

Eu estava tão preocupada com a Crise da Chloe que, quando fui jogar fora a casca da banana, sofri um ACIDENTE traumático ☹!

Com um CARA!!

Mas não era um cara QUALQUER...

EU, ACERTANDO SEM QUERER O BRANDON COM UMA CASCA DE BANANA!

Eu NÃO consegui acreditar que o Brandon disse aquilo.

Eu NUNCA, EM HIPÓTESE ALGUMA, disse que ele era LIXO!!

Talvez o tenha TRATADO como lixo ☹!

Mas nunca o CHAMEI disso.

GRANDE! DIFERENÇA!

Depois do meu pedido de desculpas, nós ficamos nos encarando pelo que pareceu, tipo, UMA ETERNIDADE!

"Então, Brandon, hum... como estão as coisas?", perguntei sem jeito, forçando um sorriso.

Ele olhou para a casca de banana descendo lentamente na frente de sua camisa, então me encarou e ergueu uma sobrancelha.

"AI, MEU DEUS! DESCULPA! Vou cuidar disso para você! Não se mexa!", eu disse e corri até a mesa mais próxima como se meu cabelo estivesse em chamas.

Peguei um monte de guardanapos e corri de volta para o Brandon.

"Vou limpar isso rapidinho", falei, prendendo a respiração.

Tirei a casca de banana da camisa dele e a joguei dentro da lata de lixo (de verdade). Então limpei a mancha gosmenta.

"Não se preocupe com isso", o Brandon disse, parecendo bem sem jeito. "Não tem problema. Não precisa..."

"PRECISO sim!", interrompi. "Primeiro, foi culpa minha. Segundo, sou sua AMIGA! Ainda que, com tudo o que aconteceu ultimamente, provavelmente não pareça", admiti com timidez.

"Amiga? Sério, Nikki? Você gritou comigo sem motivo aparente. Aí, depois que eu escrevi um pedido de desculpas, você me deixou plantado esperando na CupCakery. Sinto muito! Mas, com amigos como você, quem precisa de inimigos?", ele perguntou, obviamente um tanto irritado comigo.

"Na verdade, eu não quis gritar com você! Naquele dia, eu estava maluca, a MacKenzie estava me perturbando, e achei que VOCÊ era ELA quando eu disse aquelas coisas", expliquei. "E eu TENTEI encontrar você na CupCakery. Mas, graças à MacKenzie, cheguei lá TRÊS DIAS atrasada! Aquela garota é tão DEMENTE que SABOTOU o nosso relacionamento com os CUPCAKES veludo vermelho! Tipo, QUEM faz isso?", perguntei.

"Então você está dizendo que tudo isso é culpa da MacKenzie? Ela estava tentando acabar com a nossa amizade de novo?", o Brandon perguntou, sem acreditar.

"Sim! É exatamente isso que estou dizendo! Pelo menos em parte, a culpa é dela. Brandon, ela é MENTALMENTE PERTURBADA! A MacKenzie espalhou aquele boato ridículo da pizza sobre você! E nem vou contar o que ela fez comigo ultimamente, porque você nunca ia acreditar. Ela precisa ser internada numa prisão subterrânea de segurança máxima. Com CORRENTES!", falei. "Ainda bem que ela foi transferida para outro colégio!"

"Sinto muito, Nikki... mas, depois de todo esse... DRAMA, não sei mais no que acreditar", ele disse com seriedade. "Talvez eu não conheça VOCÊ tão bem quanto pensei."

Bom, ESSE comentariozinho me pareceu vagamente familiar.

Eu disse a mesma coisa para ele durante a nossa última discussão. Eu NÃO podia acreditar que o cara estava roubando as MINHAS frases!

De repente, notei que estava tudo quieto demais.

Foi quando me virei e vi o refeitório INTEIRO nos encarando. Como se estivéssemos em uma cena de um romance adolescente superdramático.

AI, MEU DEUS! Fiquei TÃO envergonhada...

EU, EM CHOQUE AO DESCOBRIR QUE O REFEITÓRIO TODO ESTAVA NOS ENCARANDO!

Quando o sinal tocou, indicando que o almoço havia terminado, o Brandon suspirou e olhou para mim em silêncio. Parecia estar pensando muito bem em tudo o que eu havia acabado de dizer. Ou tentando decidir quem era mais DOIDA, eu ou a MacKenzie!

"Nikki, sinceramente, acho que a gente devia..." Ele hesitou e olhou para o relógio.

Prendi a respiração e torci para que ele desse mais uma chance à nossa amizade.

"... Eu acho que a gente devia ir para a aula de biologia, senão vamos nos atrasar. Você vem?", perguntou ele ao devolver a bandeja do almoço.

Foi quando entrei totalmente em PÂNICO!!

Isso queria dizer que a nossa amizade estava ACABADA?

Obviamente, NÃO éramos namorados. E, nas últimas semanas, não tínhamos sido NEM MESMO bons AMIGOS.

Então, o que nosso relacionamento era EXATAMENTE?

E por que parecia tão pesado? E confuso? E arrebatador? E especial? Tudo ao mesmo tempo.

Foi quando finalmente me dei conta! Talvez o Brandon quisesse conversar enquanto seguíamos para a aula de biologia!

Sabe como é, em particular. Sem o refeitório inteiro nos ouvindo.

Não seria muito ROMÂNTICO ☺?!!

Eu me virei de novo para ver todos os rostos que AINDA olhavam para nós.

De repente, senti um POUCO de esperança! Talvez pudéssemos colocar nossa amizade de volta nos eixos!

Foi quando sorri e finalmente respondi à pergunta dele: "Hum... ESTÁ BEM! Vamos para a sala".

Mas quando me virei...

O BRANDON JÁ TINHA IDO!

SEGUNDA-FEIRA, 28 DE ABRIL

Fui cedo para o colégio para fazer uma revisão nas cartas da srta. Sabichona e procurar possíveis pistas sobre aquela "surpresa" que a MacKenzie mencionou.

Ela tinha respondido cerca de uma dúzia de cartas e as salvou na pasta "Cartas novas".

Todas as correspondências ficam armazenadas ali até eu enviar meu conselho por e-mail aos alunos e/ou colocar uma cópia na pasta "Autopublicar", que publica automaticamente minhas cartas no jornal do colégio todas as segundas às 12h30.

AI, MEU DEUS! As cartas dela eram TÃO cruéis que eu me encolhia ao ler cada uma delas.

E a notícia ruim é que ela JÁ enviou seus conselhos por e-mail a três alunos ☹!

Depois de ler os problemas deles, a MacKenzie adivinhou que o "Baita Amigo Ruim" era o Brandon, a "Princesa GDP" era a Jessica e a "Triste de Aparelho" era minha amiga Marcy.

A carta que ela enviou ao Brandon criou um pesadelo, mas ele conseguiu sobreviver.

E aquela ASPIRANTE a traidora, a Jessica, mereceu totalmente a correspondência horrorosa que sua ex-melhor amiga, a MacKenzie, lhe enviou!

Mas fiquei um pouco preocupada com a Marcy.

Fiz uma nota mental para me lembrar de conversar com ela e ver se ela não tinha ficado traumatizada com a carta perversa que recebeu da srta. Sabichona.

Eu não tinha escolha a não ser explicar que foi uma piada de muito mau gosto e me desculpar.

Imprimi cópias das cartas da MacKenzie (no caso de precisar delas!) e então DELETEI todas da pasta "Cartas novas".

PROBLEMA RESOLVIDO ☺!

O Reinado de Terror da MacKenzie como a FALSA srta. Sabichona estava oficialmente ENCERRADO!!

Foi uma baita coincidência a Marcy ter entrado na sala do jornal quando eu estava terminando.

E olha só! Ela não parecia nada incomodada!!

Na verdade, ela me agradeceu (de novo!) pela viagem a Nova York para a Semana Nacional da Biblioteca e falou sem parar que tinha sido DEMAIS para a Violet, a Jenny e ela.

Mas esta é a parte ESQUISITA! Quando tentei me desculpar pelo conselho da srta. Sabichona a respeito do aparelho, a Marcy disse que não fazia ideia do que eu estava falando. Ela disse que NÃO TINHA escrito uma carta para a minha coluna de conselhos. Não recentemente, pelo menos.

A Marcy disse ainda que não achou o aparelho tão ruim quando se acostumou com ele E que estava feliz e animada porque FINALMENTE o tiraria, em TRÊS MESES!

Certo! ESSE papo foi muito ESTRANHO ☹!!

Então a MacKenzie estava errada! Parece que a carta da "Triste de Aparelho" foi escrita por outra pessoa, das dezenas de alunos com aparelho no colégio. QUE MARAVILHA ☺!!

Juntei as minhas coisas e saí correndo para encontrar a Zoey no armário da Chloe, torcendo para que as coisas finalmente voltassem ao normal.

Mas não tive sorte! A Chloe bateu a porta do armário com tudo e passou por nós sem dizer nada.

Era oficialmente o Quarto Dia da Crise da Chloe!

Um pouco antes do intervalo, a Zoey e eu tivemos a brilhante ideia de deixar um bilhete no armário da Chloe, pedindo que ela nos encontrasse no depósito do zelador durante o almoço para conversar.

Nós três sempre nos encontrávamos ali quando queríamos discutir assuntos importantes em particular.

A Zoey rapidamente escreveu um bilhete em nosso nome...

Querida Chloe,

O que aconteceu? Você está brava com a gente? Estamos superpreocupadas com você nesses últimos dias. Quer conversar sobre isso?

POR FAVOR, POR FAVOR, POR FAVOR, encontre a gente no depósito do zelador O MAIS RÁPIDO POSSÍVEL! Não queremos importunar você nem nada disso. Mas nos preocupamos, porque você é a nossa MELHOR AMIGA!!

ZOEY E NIKKI

PS: Estamos muito tristes e sentimos sua falta ☹!!

Então dobramos nossa carta e a prendemos no armário da Chloe.

Quando o sinal indicando o almoço tocou, a Zoey e eu trocamos um olhar de nervosismo e corremos para montar acampamento no depósito do zelador.

Nós esperamos e esperamos, mas parecia que a Chloe não ia dar as caras. Isso NUNCA tinha acontecido.

E quase da noite para o dia parecia que a nossa MELHOR AMIGA tinha se transformado numa rainha do drama PIOR que a MacKenzie.

Quando estávamos prestes a desistir, a porta se abriu lentamente. Ficamos aliviadas ao ver Chloe ali.

Ela parecia muito triste, e seus olhos estavam vermelhos, como se ela tivesse chorado ou alguma coisa assim.

"Meninas, tenho notícias muito ruins!", ela disse, fungando.

Aquelas foram as primeiras palavras que ela nos disse em, tipo, um ano!!

A Zoey e eu só ficamos olhando para ela, em silêncio.

Senti um grande nó na garganta, e meu coração batia tão forte que eu conseguia ouvi-lo.

Fiquei com medo de que a Chloe dissesse que sua família estava de mudança para Timbuktu ou algum outro lugar!

AI, MEU DEUS!

O que a Zoey e eu faríamos sem a nossa MELHOR AMIGA?!

Eu não queria nem pensar nisso ☹!

A Chloe ficou ali parada, meio tremendo, como se fosse começar a chorar.

Por fim, ela respirou fundo, fez um bico e lentamente uma careta, exibindo a boca coberta de gloss rosa.

"Você se recusou a falar com a gente todo esse tempo porque detestou a cor do seu gloss?!", exclamei, sem acreditar. "Sério?"

A Zoey me cutucou com o cotovelo e me lançou um olhar feio.

"Ai!", resmunguei meio que sussurrando.

"Na verdade, adoramos essa cor em você, Chloe!", a Zoey garantiu, forçando um sorriso. "Fica SUPERlindo! Não é, Nikki?"

"Sim, Zoey, MUITO lindo! Aliás, é o mesmo tom vermelho-rosado do HEMATOMA que você acabou de deixar em mim. Sabe, antes de inchar e ficar preto, azul e roxo", murmurei.

A Zoey me lançou outro olhar.

"O QUE FOI?!!", dei de ombros.

A Chloe revirou os olhos para a gente. Então, muito dramaticamente, nos mostrou os dentes.

A Zoey e eu NÃO conseguíamos acreditar no que estávamos vendo...

A ZOEY E EU, OLHANDO PARA OS DENTES DA CHLOE!

Quando nós duas nos inclinamos para ver melhor, a Chloe sorriu com timidez (pela primeira vez em dias!) e soltou...

Fiquei tão chocada e surpresa que tive que me conter para não surtar COMPLETAMENTE! A Chloe JÁ estava traumatizada, e eu não queria que ela se sentisse PIOR.

Enquanto ela sorria com nervosismo para nós, ficou óbvio que a Chloe estava LINDONA de aparelho novo.

"AI, MEU DEUS! Você ficou TÃÃÃO linda de aparelho", a Zoey gritou, como se estivesse admirando um filhotinho de cachorro.

"Uau!! Esse aparelho pink destacou muito seu tom de pele. E... hum, as borrachinhas roxas combinam com a cor dos seus olhos!", eu disse, como aquelas vendedoras irritantes do shopping.

Só que eu estava sendo sincera. Mais ou menos.

"Parem com isso! Vocês só estão dizendo isso para me fazer sentir melhor!", a Chloe fungou. "Têm certeza que não pareço uma MONSTRA com para-raios na boca?!"

"Claro que NÃO!", gritei.

"Garota, você ficou MALUUUUCA?", a Zoey falou.

Foi quando a Zoey e eu agarramos a nossa melhor amiga, demos um abraço coletivo nela e dissemos...

ZOEY E EU, DANDO UM ABRAÇO COLETIVO NA CHLOE!

A Chloe explicou que tinha faltado no colégio na quarta e na quinta porque estava colocando o aparelho. (E pensar que tive medo de ela ter sido sequestrada e forçada a se tornar a rainha dos zumbis!)

"Chloe, por que você simplesmente não CONTOU pra gente que ia colocar aparelho?!", perguntei.

"Na verdade eu contei! Mais ou menos", ela explicou. "Mas eu queria a sua opinião SINCERA. Então escrevi uma carta para a coluna da srta. Sabichona."

"Tem certeza? Não recebi carta nenhuma", respondi, levemente confusa.

"Bom, é que eu não usei o meu nome verdadeiro. Escrevi uma carta anônima dizendo que estava enlouquecendo porque precisaria colocar aparelho e pedi seu conselho. Assinei minha carta como..."

"TRISTE DE APARELHO!", quase gritei. "AI, MEU DEUS, Chloe! Aquela carta era SUA?!"

"SIM! Recebi a SUA carta na terça de manhã, mas só consegui ler depois da aula. Sinceramente, Nikki, seu conselho me fez sentir muito pior!!", a Chloe fungou. "Parecia que você ODIAVA pessoas de aparelho. Por isso surtei e parei de falar. Eu estava com medo de que, se vocês descobrissem sobre o meu aparelho, não iam mais querer ser minhas amigas."

A Zoey fez uma careta para mim. Eu logo me afastei dela, caso ela tentasse me dar outra cotovelada.

"AI, MEU DEUS, Chloe! Sinto MUITO!" Eu me desculpei enquanto uma onda de tristeza me invadia. "Eu me sinto PÉSSIMA! Você NÃO merecia aquela carta horrorosa! Provavelmente você não vai se sentir melhor, mas... eu NÃO escrevi aquilo!"

"O QUÊ?!", a Chloe e a Zoey arfaram. "Então QUEM escreveu?!"

Até aquele momento, eu estava SUPERpreocupada com a Chloe e totalmente concentrada nos problemas com a coluna da srta. Sabichona. Então foi o momento PERFEITO para finalmente contar a elas todos os detalhes sujos a respeito da MacKenzie.

Começando pelo fato chocante de que ela não só tinha ROUBADO meu diário, como também tinha ESCRITO nele.

"Certo, meninas, faz alguns dias que eu estou LOUCA para contar isso! Vocês nunca vão acreditar em como encontrei o meu diário! É uma história muito longa e complicada."

Respirei fundo e rapidamente contei tudo, inclusive que a MacKenzie havia sabotado minha coluna da srta. Sabichona, escrevendo cartas maldosas aos alunos, e que ela postou na internet o vídeo em que aparece tendo um chilique por causa do inseto. Tudo para me expulsar do colégio por bullying virtual.

A Chloe e a Zoey balançaram a cabeça, sem acreditar.

"Acho que devíamos denunciar a MACKENZIE por bullying virtual!", a Chloe disse com raiva.

"Sim, eu concordo", a Zoey acrescentou. "Não podemos deixar que ela escape impune! Você devia contar ao diretor Winston e ao sr. Zimmerman O MAIS RÁPIDO POSSÍVEL. Caso contrário, pode acabar parecendo culpada e ser expulsa do colégio."

"Bom, se eu contar ao sr. Zimmerman, posso dar adeus ao jornal!", respondi. "Ele já ameaçou me DEMITIR se eu comprometesse a segurança do site da srta. Sabichona."

"Mas você NÃO comprometeu a segurança!", a Chloe falou. "Seu diário foi ROUBADO!"

"E não foi CULPA sua!", a Zoey insistiu. "Você é a VÍTIMA nisso!"

"Talvez. Mas AINDA ASSIM! Eles NUNCA acreditariam em mim!", respondi. "Como posso convencê-los de que a MacKenzie é a responsável por sabotar o site da srta. Sabichona se ela nem estuda mais no colégio? Não tenho PROVAS!!"

"Claro que tem!", a Chloe sorriu de um jeito malvado. "E está com a letra da PRÓPRIA MacKenzie!"

"Isso mesmo!", a Zoey concordou, animada. "O seu DIÁRIO é a prova de que você precisa!"

"Certo, meninas, vamos ver se eu entendi", falei, tentando não surtar. "Tenho que entregar o meu diário, cheio de segredos, sentimentos íntimos e momentos mais do que embaraçosos? Para o diretor Winston e o sr. Zimmerman? Como prova contra a MacKenzie?"

"SIM!", elas responderam de modo bem enfático.

"É a ÚNICA maneira de detê-la!", a Chloe argumentou.

"E o ÚNICO jeito de você se proteger para não ser expulsa por bullying virtual!", a Zoey disse.

"VOCÊS ENLOUQUECERAM?!", gritei com as minhas melhores amigas. "Desculpa, mas não posso simplesmente entregar o meu DIÁRIO para as autoridades do colégio. Tem muita coisa pessoal ali!"

"Sim, eu sei que vai ser meio embaraçoso, mas é por um BEM MAIOR!", a Zoey disse.

"Tome uma atitude responsável e proteja os alunos do bullying virtual de verdade... da MacKenzie!", a Chloe exclamou.

"Mas e se isso não der certo e eu tiver PROBLEMAS por todas as coisas que escrevi no meu diário?"

"Qual é, Nikki, não pode ser tão ruim!", a Zoey falou.

"Bom, eu escrevi que acho o sr. Zimmerman maluco!"

"Sim, o sr. Zimmerman é bem esquisito!", a Zoey disse. "Mas tenho certeza de que ele é capaz de aceitar uma brincadeirinha."

"E, ainda que ele fique bravo com você, o que tem de mais?", a Chloe riu.

"Vocês lembram aquele dia em que o diretor Winston estava olhando para a gente no almoço e começamos a trocar mensagens entre nós? Escrevi tudo aquilo no meu diário também! Que o diretor Winston nunca imaginaria que nos encontramos no depósito do zelador. Onde, de acordo com as regras do colégio, os alunos não podem entrar, e podem levar três dias de suspensão se fizerem isso!"

Foi quando a Chloe e a Zoey pararam de rir. Seus olhos pareciam pires, de tão arregalados.

Minhas melhores amigas pareceram meio preocupadas.

"Na verdade, tem mais", continuei. "Também escrevi sobre vocês. Chloe, você disse que não parecíamos o tipo de pessoa que passa trotes do telefone da biblioteca! E, Zoey, você disse que não parecíamos o tipo de aluna que entra no vestiário dos meninos! Também escrevi que nós três saímos do refeitório sem permissão. São pelo menos QUATRO regras do colégio que infringimos, algumas delas várias vezes! Mas, se não se importam que o diretor leia tudo isso, BELEZA! Vou denunciar a MacKenzie e entregar o meu diário como prova."

"AI, MEU DEUS, Nikki! Você escreveu todas as coisas que NÓS fizemos também?", a Zoey gritou.

"DESCULPA!", respondi timidamente.

"VOCÊ ESTÁ DE BRINCADEIRA?!", a Chloe gritou. "Estamos falando de ANOS de suspensão! Nossos colegas estarão se formando no ensino médio e NÓS ainda estaremos no oitavo ano, pagando pelo que fizemos! Vocês têm ideia de como vai ser CONSTRANGEDOR?!"

"Sim, e não existe uma regra que diz que, depois de um monte de suspensões, eles simplesmente EXPULSAM o aluno do colégio?", a Zoey resmungou.

"Desculpa, Nikki, mas não tem COMO você entregar o seu diário ao diretor Winston!", a Chloe disse.

"Seria uma PÉSSIMA ideia!", a Zoey completou.

"Esperem um pouco! Vamos ver se eu entendi", eu disse, estreitando os olhos para minhas melhores amigas. "E aquela história de bem maior e de ser responsável? AGORA vocês estão dizendo que eu NÃO POSSO entregar o meu diário porque tem um monte de SUJEIRA de vocês duas?!!"

"EXATAMENTE!!", a Chloe e a Zoey responderam, olhando feio para mim.

"Estou muito decepcionada com vocês", reclamei. "O que têm a dizer em sua defesa?!"

"Estamos LASCADAS!!", a Chloe resmungou.

"Nossa vida está ACABADA!", a Zoey disse.

Pelo menos, FINALMENTE estávamos de acordo: pedir a ajuda do diretor Winston e do sr. Zimmerman NÃO era uma opção.

Se eles lessem o meu diário, havia uma boa chance de as minhas amigas e eu acabarmos com tantos problemas quanto a MacKenzie!

AI!! ☹!!

"Escutem, meninas, talvez a gente esteja se preocupando à toa", eu disse. "Se a MacKenzie não fizer nada, não precisaremos do meu diário, certo? E agora ela provavelmente está em Paris, fazendo um trabalho sobre a Torre Eiffel com seus novos amigos ricos da Academia Internacional Colinas de North Hampton."

"Sim, mas ela não disse algo sobre uma surpresa na segunda, dia 28 de abril? Bom, é HOJE! E, depois de roubar o seu diário e invadir o seu site, ela é capaz de QUALQUER COISA!", a Zoey disse.

A Chloe levou o dedo ao queixo, refletindo muito.

"Bom, se eu fosse uma rainha do drama maluca, invejosa, mimada, fresca e rica como a MacKenzie, o que faria para me vingar?! Hum...?!"

"Bom, para ser sincera, fiquei bem preocupada que ela pudesse ter sabotado a minha coluna de conselhos antes de ir embora", expliquei. "Mas, assim que descobri o que ela fez, imediatamente mudei a senha para que ela não pudesse mais entrar na conta da srta. Sabichona. E, hoje cedo, deletei TODAS as cartas dela e chequei tudo DE NOVO, já que a coluna de conselhos será publicada no jornal de hoje, durante o almoço. O novo site tem uma ferramenta legal de autopublicação. Coloco as cartas de conselhos em uma pasta especial e elas são publicadas automaticamente. Mas agora, pensando bem, eu me ESQUECI de checar essa pasta."

De repente, uma luzinha se acendeu no meu cérebro. Entrei em pânico e comecei a tremer...

"Talvez ESSA seja a surpresa!", a Zoey exclamou. "A que horas o jornal será publicado hoje?"

Todas checamos o horário.

"Ao meio-dia e meia!", falei. "Que é daqui a..."

"CINCO MINUTOS!!!", nós gritamos, horrorizadas.

A Chloe, a Zoey e eu corremos para a porta como se estivéssemos fugindo de um incêndio.

"Vou ao meu armário pegar meu notebook para entrarmos no site e procurarmos as cartas da MacKenzie", gritei enquanto corria. "Vocês podem ir até a sala do jornal e pegar minha pasta vermelha na caixa de correspondência? Tem cópias impressas das cartas. Encontro vocês na biblioteca."

"Está bem, mas vá depressa, POR FAVOR!", a Zoey pediu. "Se as cartas da MacKenzie forem publicadas no jornal do colégio e você for acusada de bullying virtual e forçada a entregar o seu DIÁRIO ao diretor Winston..."

"ESTAREMOS MORTAS!!", a Chloe murmurou.

Na verdade, foi bom a MacKenzie ter sido transferida para um novo colégio! Porque, se não tivesse sido... juro! ELA estaria morta! Estávamos muito BRAVAS com ela naquele momento.

A MacKenzie tinha deixado uma BOMBA-RELÓGIO no nosso colégio na forma de respostas da srta. Sabichona.

E agora precisávamos encontrar a bomba e desativá-la antes que EXPLODISSE!!

☹!!

TERÇA-FEIRA, 29 DE ABRIL

Minhas melhores amigas e eu ficamos totalmente aterrorizadas com as cartas de MacKenzie.

Aquela garota fez muitas coisas HORROROSAS, mas essa era a PIOR!

As cartas dela MACHUCARIAM muitos alunos inocentes, e ainda havia uma boa chance de NÓS acabarmos sendo EXPULSAS do colégio! ☹!!

Quando nos encontramos de novo na biblioteca, tínhamos menos de três minutos para encontrar todas as cartas da MacKenzie e deletá-las antes que o jornal as publicasse, às 12h30.

Enquanto a Chloe e a Zoey liam a cópia impressa de cada carta e me davam detalhes, eu procurava por ela na pasta de autopublicação e a deletava.

Ficamos tão estressadas que começamos a suar em bicas. Eu estava digitando o mais rápido que meus dedinhos conseguiam...

EU E AS MINHAS AMIGAS, TENTANDO ENCONTRAR E DELETAR AS CARTAS DA MACKENZIE ANTES QUE SEJAM PUBLICADAS NO JORNAL!!

A boa notícia era que finalmente tínhamos chegado nas DUAS últimas ☺!! Mas a notícia ruim era que tínhamos menos de trinta segundos para encontrá-las e deletá-las ☹!! A situação era de DESESPERO!

Foi quando a Chloe disse: "Lembre-se, Nikki! Se você fracassar, o Brandon e o colégio todo podem estar lendo o seu diário na próxima semana! Então fique focada!"

"Obrigada por me lembrar, Chloe! Mas agora estou com vontade de vomitar!", resmunguei.

A Zoey fez uma contagem regressiva, como se estivesse na missão de lançamento de um foguete da NASA. "Dez. Nove. Oito. Sete. Seis. Cinco. Quatro. Três. Dois. Um! E temos a publicação da coluna da srta. Sabichona!"

Então minhas melhores amigas esperaram ansiosamente que eu dissesse a elas o destino daquelas duas últimas cartas.

Suspirei e as encarei com olhinhos de cachorro triste, e elas fizeram cara de decepção.

O silêncio era tão grande que seria possível ouvir um alfinete caindo.

Então eu gritei... "CONSEGUIMOS!", e elas ENLOUQUECERAM!!

SIM! Conseguimos deletar todas as cartas da MacKenzie segundos antes de a coluna ser postada! Ficamos tão felizes que demos um abraço coletivo.

Fiquei SUPERsurpresa quando recebi uma mensagem: "A Chloe e a Zoey acabaram de entrar na sala do jornal e saíram correndo com a sua pasta de correspondências. Está tudo bem? Aliás, a Chloe está usando APARELHO?"

Era do Brandon ☺! E, como ele estava me mandando uma mensagem depois de SEMANAS, acho que não estava mais bravo comigo. ÊÊÊÊÊ ☺!! Eu ainda estava bem irritada com a MacKenzie por torturar a Chloe daquele jeito. Então respondi: "Está tudo bem. E, sim, a Chloe está usando aparelho! Mas, antes de a MacKenzie ir embora, ela traumatizou a pobre garota tirando sarro da cara dela de uma maneira muito cruel."

Fiquei totalmente surpresa quando, minutos depois, o Brandon entrou na biblioteca com uma foto. Ele disse que era um presentinho para a Chloe, que ele esperava que a deixasse melhor...

A CHLOE, SURTANDO COM A FOTO DA MACKENZIE HOLLISTER NO SEXTO ANO QUE O BRANDON ENCONTROU

AI, MEU DEUS! Aparentemente, os "dentes perfeitos" da MacKenzie não tinham sido sempre TÃO, humm, PERFEITOS!!...

FOTO DO SEXTO ANO DA MACKENZIE DE APARELHO!!

"Por que a MacKenzie disse todas aquelas coisas horrorosas a MEU RESPEITO por usar aparelho se ela também usou?!", a Chloe exclamou. "Vai entender!"

"Provavelmente porque pessoas que fazem questão de machucar os outros se sentem PÉSSIMAS e são SUPERinseguras e tristes!", a Zoey explicou.

A Chloe e eu concordamos. Em pouco tempo, o sinal tocou, indicando o fim do almoço e que as aulas começariam em cinco minutos.

Ficamos fofocando sobre o aparelho da MacKenzie enquanto pegávamos nossas coisas.

"Hum, Nikki, podemos conversar por um minuto?", o Brandon perguntou e corou.

Não acreditei quando vi a Chloe e a Zoey fazendo palhaçadas e caretas pelas costas do Brandon. Elas são TÃO imaturas!!

Eu MORRERIA de vergonha se ele se virasse e visse o que elas estavam fazendo!!

Assim que elas saíram, o Brandon puxou uma cadeira. Mas eu estava tão nervosa que me esqueci de sentar na cadeira. Simplesmente apoiei o traseiro na mesa, como uma idiota, e fiquei olhando nos lindos olhos castanhos dele.

O Brandon afastou a franja dos olhos e abriu um sorrisão.

Claro que corei e sorri para ele. Então ele corou e sorriu para mim. E toda essa coisa de corar e sorrir durou, tipo, uma ETERNIDADE!!

"Na verdade, eu só queria agradecer por você ter me ajudado com aquela situação... da casca de banana ontem. E queria pedir desculpa por não ter aceitado as suas... hum... desculpas."

"Bom, eu LHE devo desculpas por não ter aceitado O SEU pedido de desculpas também!", eu disse e pisquei para ele, fazendo charme.

"Eu fui sincero na minha carta, Nikki."

"Sério? Bom, fiquei bem feliz por você ter escrito. Apesar de a carta ter sido roubada por uma rainha do drama e desaparecido por três dias!", ruborizei.

"Enfim, eu queria falar com você sozinha porque estou pensando em convidar uma garota muito especial para sair. Mas, depois de tudo o que aconteceu, estou bem preocupado que ela possa dizer não. O que você acha?"

Foi quando fiquei MUITO incomodada e pensei: POR QUE esse garoto está querendo conversar COMIGO se está a fim de OUTRA garota?!

Ei, o que eu sou? Um objeto descartável?!

E ele tem a CORAGEM de ME pedir conselho sobre a sua VIDA AMOROSA?! Tipo, QUEM faz uma coisa dessas?

Eu não conseguia parar de pensar se a garota era a MacKenzie. O Brandon provavelmente a considerava SUPERdemais, agora que ela estava estudando naquele colégio chique.

"Brandon, se ela gosta de você, POR QUE diria não?", perguntei baixinho.

NÃO que eu me importasse ☹!!

Aí ele afastou a franja dos olhos e me lançou um sorriso arrebatador. Mas, pessoalmente, eu não via graça nenhuma.

"Então, Nikki, você gostaria de sair comigo depois do colégio na quarta?", ele perguntou, olhando nas profundezas obscuras da minha alma torturada.

AI, MEU DEUS! Quando ele me perguntou isso, fiquei SUPERchocada e surpresa.

E feliz! ÊÊÊÊÊ!! ☺!!!

Claro que eu disse SIM! A coisa toda era TÃO romântica!!

Foi quando notei minhas melhores amigas na porta, com o rosto pressionado no vidro, ESPIONANDO o Brandon e a mim...

A boa notícia é que parece que o Brandon e eu finalmente somos amigos de novo.

∧∧∧∧∧∧∧∧∧
EEEEEEEEE ☺!!

E, graças às minhas MELHORES AMIGAS, consegui acabar com os planos maldosos, malucos e diabólicos da MacKenzie!

Apesar de a MacKenzie estar longe há quase uma semana, ela conseguiu criar mais DRAMA na minha vida do que quando estava fisicamente presente no WCD!

Ainda bem que tudo deu certo com as minhas amigas, com o meu PAQUERA e com a minha coluna de conselhos.

A partir de hoje, planejo começar a viver uma vida feliz, livre de estresse, livre de dramas, LIVRE DA MACKENZIE!

☺!!

QUARTA-FEIRA, 30 DE ABRIL

Perder um diário pode ser muito TRAUMÁTICO!

Parece que você perdeu um pedaço de SI MESMA!

Pode acreditar, já passei por isso.

Eu queria muito dizer para a MacKenzie que eu tinha encontrado o ~~MEU~~ diário DELA quando ele caiu da caixa de mudança no dia em que ela partiu.

Também queria incentivá-la a fazer um diário próprio e a continuar escrevendo.

Porque às vezes um diário pode ajudar a extravasar a frustração, enfrentar os medos, encontrar coragem, correr atrás dos seus sonhos e aprender a se amar.

E é sempre melhor rasgar uma página do que acabar com outro ser humano.

Porém, mais importante, eu queria dizer à MacKenzie que eu a PERDOO por tudo o que ela me fez nas últimas semanas.

Porque, MEU DEUS! Ela tem BEEEEEEM mais PROBLEMAS do que eu ☺!!

Estou SUPERfeliz por FINALMENTE estar com o meu diário de novo!

^^^^^^^
EEEEEEEE ☺!!

E tenho sorte de ter as MELHORES AMIGAS do mundo!!

Vamos nos encontrar depois da aula hoje para comemorar a nossa amizade.

^^^^^^^^
EEEEEEEE ☺!!

Desculpa, MacKenzie!!

Apesar da sua beleza, da sua popularidade, da sua riqueza e do seu guarda-roupa incrível, eu não gostaria de ser você.

Por quê?

Porque, hum...

Eu sou MUITO TONTA!! UHU PRA MIM!! ☺!!

Rachel Renée Russell é uma advogada que prefere escrever livros infantojuvenis a documentos legais (principalmente porque livros são muito mais divertidos, e pijama e pantufas não são permitidos no tribunal).

Ela criou duas filhas e sobreviveu para contar a experiência. Sua lista de hobbies inclui o cultivo de flores roxas e algumas atividades completamente inúteis (como fazer um micro-ondas com palitos de sorvete, cola e glitter). Rachel vive no estado da Virgínia, nos Estados Unidos, com um cachorro da raça yorkie que a assusta diariamente ao subir no rack do computador e jogar bichos de pelúcia nela enquanto ela escreve. E, sim, a Rachel se considera muito tonta.

Rachel Renée Russell

DIÁRIO
de uma garota nada popular

Série best-seller do New York Times

Você já leu TODOS os diários da Nikki?

A DICA MAIS IMPORTANTE DA NIKKI MAXWELL:

Sempre deixe seu lado **NADA POPULAR** brilhar!